普通高等教育"十二五"规划教材

公 共 关 系

主 编 李 萍 路世云

中国水利水电出版社
www.waterpub.com.cn

内 容 提 要

  本书从职业岗位出发，以职业能力培养为核心，体现高职高专特点，注重实际技能培养，突出科学性、适用性、实践性和可操作性。本书的编写特别注重理论联系实际，紧紧抓住公共关系是一门综合性、应用性学科的特点，根据理论"够用为度"的原则，用简练、通俗的语言阐述公共关系理论；用充足的篇幅介绍操作方法和技巧，通过大量案例印证有关知识，通过综合训练提高动手能力。

  本书可以为有强烈成功欲望的组织和个人提供帮助。它可以作为高等职业院校经济贸易类、市场营销类等相关专业的教科书，也可以作为成人教育、公共关系爱好者自学以及在职人员培训的教材。

图书在版编目（CIP）数据

公共关系 / 李萍，路世云主编. -- 北京 ：中国水利水电出版社，2011.6
普通高等教育"十二五"规划教材
ISBN 978-7-5084-8682-6

Ⅰ. ①公… Ⅱ. ①李… ②路… Ⅲ. ①公共关系学－高等学校－教材 Ⅳ. ①C912.3

中国版本图书馆CIP数据核字(2011)第106982号

书　　名	普通高等教育"十二五"规划教材 **公共关系**
作　　者	主编　李萍　路世云
出版发行	中国水利水电出版社 （北京市海淀区玉渊潭南路 1 号 D 座　100038） 网址：www. waterpub. com. cn E - mail：sales@waterpub. com. cn 电话：(010) 68367658（营销中心）
经　　售	北京科水图书销售中心（零售） 电话：(010) 88383994、63202643 全国各地新华书店和相关出版物销售网点
排　　版	中国水利水电出版社微机排版中心
印　　刷	北京瑞斯通印务发展有限公司
规　　格	184mm×260mm　16 开本　13.75 印张　326 千字
版　　次	2011 年 6 月第 1 版　2011 年 6 月第 1 次印刷
印　　数	0001—4000 册
定　　价	**32.00 元**

凡购买我社图书，如有缺页、倒页、脱页的，本社营销中心负责调换

前 言
QIANYAN

当今社会，联系越来越密切，交往越来越频繁，关系越来越复杂，竞争越来越激烈。不论是组织还是个人，要想成功，就必须得到别人的理解、支持与合作。这就要求具备强烈的公共关系意识和出色的公共关系能力。本书可以为有强烈成功欲望的组织和个人提供帮助。它可以作为高等职业院校经济贸易类、市场营销类等相关专业的教科书，也可以作为成人教育、公共关系爱好者自学以及在职人员培训的教材。

本书从职业岗位出发，以职业能力培养为核心，体现高职高专特点，注重实际技能培养，突出科学性、适用性、实践性和可操作性。本书的编写特别注重理论联系实际，紧紧抓住公共关系是一门综合性、应用性学科的特点，根据理论"够用为度"的原则，用简练、通俗的语言阐述公关理论；用充足的篇幅介绍操作方法和技巧，通过大量案例印证有关知识，通过综合训练提高动手能力。

李萍编写第一章的第一节至第三节、第三章和第四章；路世云编写第一章的第四节、第二章、第六章和第七章；李杰编写第五章；刘伟编写附录。

在本书编写过程中，我们广泛参考了国内外的教材和论著，借鉴并吸收了最新的研究成果。在书末只列出主要的参考文献，没能列出的，在此一并致谢。

本书不足之处，敬请不吝赐教，以利今后改进。

编者

2011 年 4 月

前言

第一章 公共关系概述 ··· 1

第一节 公共关系涵义及特征 ·· 1

第二节 公共关系的产生和发展 ······································ 6

第三节 公共关系职能 ··· 15

第四节 公共关系意识 ··· 20

本章小结 ··· 26

综合训练 ··· 27

第二章 公共关系要素 ··· 31

第一节 公共关系主体——社会组织 ································· 32

第二节 公共关系客体——公众 ······································ 34

第三节 公共关系媒介——传播 ······································ 45

本章小结 ··· 51

综合训练 ··· 52

第三章 公共关系程序 ··· 56

第一节 公共关系调查 ··· 56

第二节 公共关系策划 ··· 63

第三节 公共关系实施 ··· 70

第四节 公共关系效果评估 ·· 73

本章小结 ··· 76

综合训练 ··· 76

第四章 公共关系活动类型 ··· 85

第一节 公共关系工作模式 ·· 85

第二节 危机管理 ··· 94

本章小结 ··· 106

综合训练 ··· 106

第五章 公共关系专题活动 ··· 112

第一节 新闻类活动 ·· 113

第二节　庆典活动 ……………………………………………………… 120

第三节　展览活动 ……………………………………………………… 124

第四节　赞助活动 ……………………………………………………… 126

第五节　参观联谊活动 ………………………………………………… 130

本章小结 ………………………………………………………………… 133

综合训练 ………………………………………………………………… 133

第六章　组织形象管理 ………………………………………………… 138

第一节　组织形象的涵义 ……………………………………………… 138

第二节　组织形象管理 ………………………………………………… 141

本章小结 ………………………………………………………………… 154

综合训练 ………………………………………………………………… 154

第七章　公共关系礼仪 ………………………………………………… 159

第一节　公共关系礼仪概述 …………………………………………… 159

第二节　仪表礼仪 ……………………………………………………… 162

第三节　交谈礼仪 ……………………………………………………… 172

第四节　日常交往礼仪 ………………………………………………… 176

第五节　聚会礼仪 ……………………………………………………… 179

第六节　外事往来礼仪 ………………………………………………… 183

本章小结 ………………………………………………………………… 188

综合训练 ………………………………………………………………… 188

附录一　公共关系职业道德 …………………………………………… 192

附录二　公关员国家职业标准（修订） ……………………………… 195

附录三　公共关系机构 ………………………………………………… 204

附录四　公共关系人员素质测评 ……………………………………… 208

参考文献 ………………………………………………………………… 211

第一章　公共关系概述

（1）认知公共关系概念。

（2）了解公共关系历史、现状与发展。

（3）掌握公共关系特征、职能。

（4）具备一定的公共关系意识。

导入案例

车 祸 风 波

　　某日凌晨，一辆无牌奔驰轿车与一辆出租车相撞，3人受伤。伤者和多名目击者称，奔驰轿车司机为某明星，而且一身酒味。对此，该明星经纪人表示"不清楚"。该事故被定性"肇事逃逸"。在车祸案发生之后，又有其他明星的车祸事件也相继爆出。同样是车祸案，外界对该明星的批评指责却最激烈，而且从撞车事件发生后直到该明星公开道歉，他一直都是独自面对公众，而他的经纪公司并无出面帮忙处理危机，导致各界的口诛笔伐。该明星对此有怨言，称公司没有站出来帮他面对危机，甚至没有替他开记者会，为他提供解释的机会，不过，以上这些也不能成为该明星迟迟未露面道歉的借口，有其他明星撞车伤人随即离开现场但很快举行记者会致歉。而另外一位明星驾车撞伤老人后立即将伤者送医，并多次公开纠纷的处理情况。在这其中，经纪公司或其他策划人的作用自然不可忽略，但明星的第一态度也决定了事件的发展方向。所以大喊委屈的该明星应该先反省一下，考虑公关是否到位。

　　那么，究竟什么是公共关系呢？

第一节　公共关系涵义及特征

一、公共关系的定义

　　"公共关系"一词源自英语"Public Relations"（简称 PR）。"Public"可译为"公共的"或者"公众的"，"Relations"可译为"关系"。

　　公共关系自20世纪初逐渐发展并成为一门独立的学科开始，人们对公共关系涵义的表述就多种多样，不同的研究者从不同的角度对其进行了界定。其中，有代表性的定义主要有以下几种。

（一）管理说

持有管理说的研究者认为，公共关系主要是一种管理职能。典型的主要有美国著名公共关系专家莱克斯·哈罗博士（Rex Harlow）的定义，以及卡特利普和森特的观点。其中，美国人莱克斯·哈罗博士的定义便是典型代表。他认为：公共关系是一种特殊的管理职能，它帮助一个组织建立并保持与公众之间的交流、理解、认可与合作；它参与处理各种问题与事件；它帮助管理部门了解民意，并对其作出反应；它确定并强调企业为公众利益服务的责任；它作为社会趋势的监视者，帮助企业保持与社会同步；它使用有效的传播技能和研究方法作为基本工具。

（二）传播说

传播说主要侧重于公共关系的传播属性，代表人物是英国学者弗兰克·杰夫金斯（Frank Jefkins）。他认为：公共关系是由为达到相互理解有关特定目标而进行的各种有计划的沟通联络所组成的，这种沟通联络处于组织与公众之间，既是内向的，也是外向的。国外一些大型的百科全书或综合词典也从传播或沟通的角度来定义公共关系。《美利坚百科全书》中的定义是：公共关系是关于建立一个组织同其既定公众之间相互了解的活动。《大英百科全书》中的定义是：公共关系是旨在传递有关个人、公司、政府机构或其他组织的信息，并改善公众对其态度的种种政策或行动。《韦伯斯特新国际词典》中的定义是：公共关系是通过传播大量有说服力的材料，发展邻里的相互交往和估价公众的反应，从而促进个人、公司或机构同他人、各种公众以及社区之间的亲善友好关系。

（三）传播管理说

传播管理说主要将管理说和传播说结合起来，强调公共关系是组织的一种特定的管理行为和职能。代表人物是美国当代公共关系学术权威，马里兰大学的詹姆斯·格罗尼格教授（James EGrunig）。他认为："公共关系是一个组织与其相关公众之间的传播管理。"

（四）咨询说

咨询说主要侧重于公共关系的决策咨询功能，最具代表性的是 1978 年 8 月发表的《墨西哥宣言》："公共关系是一门艺术和管理科学，它分析趋势，预测后果，向组织领导人提供意见，履行一系列有计划的行动，以服务于本组织和公众的共同利益。"

（五）关系说

关系说强调公共关系是一种公众性、社会性的关系或活动。代表人物是美国普林斯顿大学的资深公共关系教授蔡尔兹（H. L. Chils）。他认为："公共关系是我们所从事的各种活动、所发生的各种关系的通称，这些活动或关系都与公众相关，并且都有其社会意义。"

（六）协调说

协调说又叫平衡说，认为公共关系主要是协调组织与公众之间的社会关系。如日本公共关系专家小林太三郎认为："公共关系就是维持企业的营利性和社会性之间的平衡。"

（七）形象说

形象说主要从塑造形象的角度揭示公共关系的本质属性，强调公共关系的宗旨就是为组织塑造良好的形象，以利于组织的发展。

对于公共关系的定义五花八门。从公共关系学科性质出发，根据中外公共关系历史发展趋势，结合我国国情和语言表达习惯，我们认为公共关系就是社会组织向公众传播信息、协调关系、塑造自身形象开展的调查、咨询、策划、服务、管理的实践活动。这个定义是目前公共关系定义中较为完整和全面的。

二、"公共关系"一词多义

（一）公共关系状态

公共关系状态是指一个组织所处的社会关系和社会舆论的状态，即这个组织在公众心目中的现实形象。任何组织都处在一定的公共关系状态之中，这是一种客观存在的形态。

（二）公共关系活动（工作或实务）

公共关系活动分为日常公共关系活动和公共关系专题活动。

（三）公共关系意识

公共关系意识，就是对组织运行过程中发生的各类公共关系的认识和态度的总和。主要有形象意识、公众意识、沟通协调意识、全员公关意识、社会责任意识、互惠意识和创新意识等。

（四）公共关系学

公共关系史、公共关系原理和公共关系实务，它们共同形成公共关系学的理论体系。公共关系学是个综合性、交叉性的学科，涉及的学科有社会学、哲学、经济学、管理学、心理学等。它是以传播学和管理学为基础建立起来的新兴学科。

（五）公共关系职业

美国的新闻记者艾维·李（Ivy Lee）在 1903 年创办了世界上第一家公共关系咨询事务所，并公开对外营业，使社会上出现了公共关系职业。

我国是改革开放后出现这个职业的，由于社会的发展和转型，最开始的公共关系这个职业在人们的心目中有些变味。随着人们意识的不断进步，越来越多高素质的人才加入这个行业，对这个职业的认识才比较客观、理性了。

案例链接：

【案例 1-1】北京成功申办 2008 年奥运会

2001 年 7 月 13 日，是全国人民永远难忘的日子。随着国际奥林匹克委员会（简称国际奥委会）主席萨马兰奇的一声"Beijing"，全中国都沸腾了，举国上下成为一片欢呼的海洋。中央电视台随即在屏幕上打出了四个大字"我们赢了"，各地也举办了多种多样的庆祝活动，可以说北京申奥的胜利也是中国政府公共关系的胜利。

北京申奥过程是经过精心策划和实施的。公共关系主体是中国，是北京。国务院副总理李岚清在申奥报告陈述时说："在过去 20 年改革开放的过程中，中国已成为世界上经济发展最快的国家之一。我们将继续保持政治稳定、社会进步和经济繁荣。"国际奥委会执行委员何振梁则说："选择北京，你们将把奥运会第一次带到拥有世界上 1/5 人口的国家，让十几亿人民的创造力和奉献精神为奥林匹克服务。"任职国际奥委会主席长达 21 年之久

（3）公共关系客体专一化。随着公共关系对象日益细化，公共关系客体面临向专一化方向发展，如员工公共关系、企业公共关系、科技公共关系、学校公共关系等专一领域的公共关系活动形式和公关活动专门人才。

（4）公共关系手段网络化。互联网的广泛使用极大丰富了公共关系传播手段，网络的影响力日益增强，由此形成了网络公共关系的组织形式。

（5）公共关系运作本土化。国外跨国公司进入我国要适应我国的国情、民族特点、文化习俗，才能适应我国公众心理需求。比如，可口可乐在中国，45％的原材料在中国采购，99％的员工为中国本地员工。这些本土化举措使可口可乐在中国饮料市场占有10％的市场份额，在碳酸饮料市场占有53％的份额。我国的工商业组织要进入其他国家也要尊重所在国的国情文化习惯，开展符合所在国本土的公共关系活动。

（6）公共关系人才职业化。1991年1月，劳动和社会保障部正式批文，确定公共关系职业名称为公共关系人员（简称公关员）职业，定义为专门从事组织机构公众信息传播、关系协调与形象管理事务调查、咨询、策划与实施的人员。职业能力为较强的口头与书面语言表达能力；协调沟通组织内外公众关系能力；调查、咨询、策划和组织公共关系活动的能力。为我国公共关系职业化与专业化提供了依据。

（7）公共关系行业产业化。在未来的知识产业中，公共关系业将同信息业、咨询业、文化业、策划业等一起构成新兴的知识产业的支柱性产业和主导性产业。从事公共关系工作的人员具有复合性技能结构，既擅长演说、写作，又精通传播技巧，擅长策划、懂得公共关系实务运作。他们使无形的知识、思维转化为有形的生产力、社会财富。

第三节　公共关系职能

【案例1-4】搞清这些问题

有一家宾馆新设了一个公共关系部，开办伊始，该部就配备了豪华的办公室，漂亮迷人的公关小姐，现代化的通信设备……但该部部长却发现无事可做。后来，这个部长请来了一位公共关系顾问，向他请教"怎么办"，于是这位顾问一连问了以下几个问题："本地共有多少宾馆？总铺位有多少？""旅游旺季时，本地的外国游客每月有多少，港澳游客有多少？国内的外地游客有多少？""贵宾馆的'知名度'如何？在过去3年中，花在宣传上的经费共多少？""贵宾馆最大的竞争对手是谁？贵宾馆潜在的竞争对手将是谁？""去年一年中因服务不周引起房客不满的事件有多少起，服务不周的症结何在？"对这样一些极其普通而又极为重要的问题，这位公共关系部部长竟张口结舌，无以对答。于是，那位被请来的公共关系顾问这样说道："先搞清这些问题，然后开始你们的公共关系工作。"

公共关系的职能广泛而复杂。对此，国内外专家学者至今看法不一，比如明安香先生、余明阳先生"形象说"；廖为健先生提出"传播说"；李道平先生的"协调说"。而从实践上看，国内外各类组织的公共关系职能部门以及专业公共关系机构的职责也不尽相同。一般说来，公共关系应具备以下5方面的职能。

一、采集信息，监测环境

公共关系活动就是信息传播与沟通的过程，即全面、及时、准确地将有关信息传递给社会组织，同时将社会组织的政策与行为信息向社会公众传递，是信息"双向循环"的过程。信息对于一个社会组织来说至关重要。因此采集信息便成为公共关系最重要的职能之一。

（一）采集信息

从公共关系工作的角度来分析，应当收集组织形象信息，产品（服务）信息，组织运行状态及发展趋势信息。

1. 组织形象信息

公众对社会组织在运行中所显示的行为特征和精神面貌的反应就是组织形象信息。组织形象信息一般包括这样一些具体内容：

（1）公众对领导机构的评价。如领导能力、创新意识、办事效率、用人眼光、威望与可信程度，以及组织机构的完善程度，设置的合理程度等。

（2）公众对组织管理水平的评价。如决策是否合乎社会实际情况，生产节奏是否紧凑，内部分工是否合理，对市场变化的反应是否灵敏等。

（3）公众对于组织内部一般工作人员的评价。内部员工的工作能力、道德修养、文化程度等整体水平构成了社会对整个社会组织形象评价的一个方面。

（4）公众对组织环境特征的评价。包括组织的建筑物，区域范围，门面装潢，内部的布局，厂房、店堂和馆楼的内部设计，物质技术设施等方面所表现出的发展程度或设计水准。

2. 组织产品形象信息

组织产品形象信息包括消费公众对产品（服务）的价格、质量、性能、品种、款式、登记、商标、包装、用途等方面的反应，以及对围绕产品所进行的服务时间、服务方式和服务质量的反应。

（二）监测环境

组织是社会的有机组成部分，组织的生存与发展都要受到各种因素的制约和影响，因此，系统地、长期地、科学地监测各种环境因素的变化，就成为公共关系的一项重要职能。公共关系监测就是通过对信息资源的采集，处理和反馈，对公共关系的主体和客体的行为态度做出监视和预测，是对信息资源的一种开发管理和利用。这种监测可以分为对内监测和对外监测。

1. 对内监测

对内监测是指公共关系对其主体，即社会组织的监测作用，公共关系工作人员通过不断采集、处理和反馈社会组织内部与外部的各种变化和最新信息，对社会组织运行状态和组织目标实现的可行性进行监测。

2. 对外监测

对外监测是指公共关系对其客体，即公众对社会组织的态度的监测作用，它通过各种信息传播媒介，不断地把握社会组织有关的社会信息及其走向，监视和预测公众的态度及其变化方向，其目的是使社会组织在其运行过程中，能预先采取必要的对策。

二、宣传引导，传播推广

公共关系在组织管理中的一个主要职能就是有效地制造舆论，强化舆论和引导舆论，及时地传播推广与组织有关的信息，赢得社会公众对组织的信任与好感，从而不断地提高组织的认知度、美誉度，为组织创造有利于自身生存与发展的环境和时机。

（一）宣传引导

首先，培育公众对组织机构的认同感。任何组织的使命和宗旨，运营过程中的方针、政策和行动，只有获得内外公众的认同才会有民意基础，才会产生效果。这些方针、政策和行动的科学性需要检验，检验的标准离不开公众的认同，离不开民意。但在有些情况下，被实践证明正确的东西也未必获得公众的广泛认同，这就需要公共关系的加倍努力。例如，"白色污染"已经被证明对生态环境会造成的严重破坏，但是，一项旨在减少城市"白色污染"的菜篮子替换塑料袋计划却未必获得市民的广泛赞同，毕竟塑料袋为市民提供了比菜篮子更直接的便利。

更重要的民意来自组织机构内部。一个企业最重要的使命之一就是培育员工士气。如果员工感到受重视，得到尊重和赏识，那么他们也会同样地对待顾客；如果一个公司赢得了员工的忠诚感，它同样也会赢得顾客的忠诚感。

其次，引导公众朝着正确的目标行动。民意不可侮，民意不可违，这是被历史和现实反复证明了的，公共关系大师伯纳斯"一切投公众所好"的信条已成为公共关系工作的宝典，但是在市场不尽完善的今天，民意是否百分之百正确，这需要探讨。尤其当公众以无数的个体的形式向你提出要求的时候。几年前，美国的一家叫做"安利"的直销公司按照它的固有的销售模式在我国某大城市推出了"无因退货"制度，结果该公司的门口很快便出现了绵延不断的"无因退货"队伍，甚至出现了专门收集空瓶拿来退款的"专业户"，结果这项制度很快流产。所以教育和引导公众将成为公共关系的一项重要职能。

（二）传播推广

一个组织要获得公众的了解、理解和信任，取得公众的支持与合作，需要不断地向公众宣传组织的政策，解释组织的行为，增加组织的透明度。随着组织与外界交往日益密切，对外联络和应酬交际的任务越来越重。同时，组织与外部的各种摩擦也随之增多，需要进行协调。公共关系就是组织的"喉舌"、"外交官"。传播推广，必然立足于提高传播的效果。为此，公共关系人员应做到：

（1）根据本组织发展的不同阶段，面临的不同问题，确定不同的任务，宣传不同的内容。

（2）要善于选择适当的媒介作为传播的手段和途径。

（3）研究受众特点是传播推广的重要基础。

公共关系的传播不仅依赖于大众传播媒介，而且还必须依赖人际传播媒介。

案例链接：

【案例 1-5】上海国美电器有限公司致上海消费者书

尊敬的上海消费者朋友们：

你们好！

近年来，电器市场需求的迅速增长，导致商家的竞争焦点往往集中在价格上，而目前上海市场仍然存在商品价格凌乱、商家促销让消费者讨价还价等落后的销售行为。这种销售形式与上海这样的经济发达城市极不相符，更不能适应现代经济发展规律要求，同样也不能切实保护消费者的合法权益，为此，建立一个清晰透明的定价体系已是当务之急。

作为全国性的家电连锁企业，国美电器自 1999 年登陆上海以来，一直秉承诚信经营的宗旨。面对行业中的种种价格迷雾，我们决心还消费者一个必要的真实性和知情权，还市民一个公正、公开、透明的市场。

为达成这个共同的目标，我们郑重承诺：

（1）上海国美电器即日起将在现有低价销售的基础上，对商品进行极限降价。

（2）上海国美电器全市各门店，将对所售商品进行真实超低明码标价，还顾客透明与真实。

（3）上海国美电器凡发现我方门店人员私自上调价格，相关责任人员将一律除名处理。

（4）上海国美电器将呼吁全市所有的家电厂家，共同将透明真实的价格还给消费者，还消费者一个公平的购物环境。

上海国美电器特此声明，并致广大消费者：国美电器将真实超低明码标价，继续为维护广大消费者的利益而做出努力！

注：有奖监督电话：800-820-5108。

欢迎消费者监督价格。

上海国美电器有限公司

2005 年 4 月 1 日

三、咨询建议，形象管理

社会组织的经营决策关系到组织的生死存亡。公共关系咨询建议指公共关系专业人员向组织领导提供有关公众方面的信息。公共关系人员从社会公众和整体环境的角度评价决策的社会影响和社会后果，使决策更加有效，更加科学化。

（一）咨询建议

公共关系的咨询建议一般包括以下三类：

（1）公众的一般情况咨询。这类咨询主要提供社会组织公共关系状态的一般情况说明。如内部员工的归属感，本组织在社会上的认知度、美誉度、消费公众对组织产品的反应、新闻媒介对本组织的社会舆论，同行对本组织的评估等。这类咨询是任何组织公共关系部门经常性的工作。

（2）公众的专门性情况咨询建议。这是指社会组织拟举办某个专题活动，公共关系专业人员提供与该活动直接有关的情况说明和意见，以使专题活动更有效地开展。如社会组织拟举办新闻发布会、公共关系人员应提供新闻媒介的近期宣传动向、新闻记者对本组织的了解程度等。

（3）公众心理变化和趋势咨询。由于社会环境的变化，公众的心理状态也随之发生变化，这种变化对社会组织的运行影响极大。公众心理变化以及变化趋势的咨询是公共关系人员在长期观察和积累的基础上形成的。这类咨询常常能富有成效地为社会组织中长期战略规划的制定和变更提供可靠的根据。

（二）形象管理

与一般的咨询建议不同，公共关系职能在组织管理上所发挥的咨询建议作用，更侧重于组织形象管理政策，制定组织和产品的形象管理计划。社会组织的形象是指它在运行过程中显示的行为特征和精神面貌，它包括组织的内在气质和外观形象两个方面。当社会组织的内在气质与外观形象相一致时，社会组织的形象比较平衡，而且这种一致性是高水平的，它所体现的就是良好的组织形象。所以不仅要注重内在气质的修炼，而且要注重外观形象的塑造。这种管理始终是一种动态的，伴随着社会组织的运行向着良性发展。当社会组织形象发生恶性变化时，要做好危机管理。公共关系在组织机构创建时是形象的"设计者"，在组织机构运行时是形象的"维护者"，在组织机构出现危机时是形象的"矫正者"。

四、协调关系，柔性管理

现代社会组织机构的运行机制受到两大制度的制约：社会民主制度和现代企业制度。而这两种制度都有明显的强制性，而这些管理制度具有很强的刚性，这种刚性强化了组织运行中出现的摩擦和冲突，增加了组织秩序出现失衡的可能性。所以，社会组织通过沟通协调，广交朋友，发展关系，减少摩擦，缓和各种社会冲突，使公共关系工作成为组织运转的润滑剂、缓冲剂，为组织生存、发展创造"人和"的环境。

（一）协调关系

1. 内部关系的协调

首先，以目标为核心，在管理层与员工关系协调中充当中间人：管理层的目标是否为员工所认同，员工的行为是否与管理层的目标保持一致；通过与员工细致的持之以恒的有效沟通，在组织与员工之间搭起相互理解和沟通的桥梁。其次，在部门与部门关系协调中充当管理的接口：在不同的部门之间出现"权力真空"的情况下，依靠良好的公共关系补位，这是"全员公共关系"的一个重要组成部分；在"权力重叠"的情况下，则要依靠良好的公共关系去理顺关系，化解矛盾。

2. 外部关系的协调

外部公众类型不一，成分来源复杂，这就是组织不可避免地要与外部公众发生程度不同的利益关联和冲突，一旦发生了冲突和纠纷，则积极与各方面取得联系，进行协调磋商，消除疑虑，缓解矛盾，不断维持和巩固彼此间的合作关系，促进良好的外部环境的形成。

无论是内部关系的协调还是外部关系的协调，这种公共关系协调可以通过利益协调、态度协调和行为协调来实现。利益协调是基础，态度协调是为行为协调的先导，行为协调是最终目的。

（二）柔性管理

社会组织的整体运行在现代社会中比以往更复杂、更脆弱，如某一环节出了问题，就将影响整个运行状态，而且，社会各方面都需要缓冲、润滑和协调，公共关系承担了这个社会责任，同时，公共关系又是一种社会组织自我调节，自我保护的有效机制。

社会组织与公众关系的维系，从根本上说是由经济因素决定的，但是其关系的协调又不仅仅取决于经济因素。公共关系不同于行政命令，也不同于经济因素的激励，它是通过信息交流来沟通社会组织成员的心理情感，从而使组织成员团结起来。公共关系在协调内外关系时不是用经济手段、政治手段、法律手段、行政手段，而是通过道德手段、心理手段、礼仪手段进行柔性调节。通过信息传播来调节与公众的关系，以达到关系的协调和平衡。通过积极的措施，使组织机构的生存、发展环境达到最优化。

公共关系是现代社会的一种文化现象。从静态来看，公共关系是一种观念、态度、思想和思潮；从动态来看，公共关系是一种文化管理的实践形式。柔性管理的本质是文化管理。

正如哈罗博士称："公共关系是一种独特的管理职能。它协助建立及维持一个组织与其公众之间的相互传播、了解、接受与合作的渠道；参与问题和纠纷的处理；协助管理部门了解舆论并做出反应；强调管理部门为公众利益服务的责任；协助管理部门顺应并有效地利用变化环境，担任早期预警系统角色，协助预测未来趋势；并以研究工作及健全与合乎逻辑的传播技术作为其主要工具。"所以说公共关系体现的是一种软管理，一种柔性管理的特征。

第四节 公 共 关 系 意 识

公共关系意识就是对组织运行过程中发生的各类公共关系的认识和态度的总和，是公共关系实践在人们意识中科学、系统的反映，是公共关系管理的基本原则、观念和思想。公共关系意识是公共关系人员的思想灵魂，是公共关系人员所应具备的各项基本素质中最为重要的一项素质。良好的公共关系意识能促使从业人员始终处于一种积极主动的工作状态，可创造性地完成各项公共关系工作。公共关系人员所应具有的公共关系意识主要有形象意识、公众意识、沟通协调意识、全员公关意识、社会责任意识、互惠意识和创新意识等。

一、形象意识

形象意识是公共关系意识中的核心意识。要树立公共关系意识，首先必须树立形象意识。这是因为组织形象对社会组织来说至关重要。当今市场竞争日益激烈，组织之间已从产品质量的竞争、推销手段的竞争进入组织整体形象的竞争。在现代社会中，一个组织的形象如何，会直接影响到组织的生存和发展。特别是对企业而言，拥有了良好的组织形象，就能赢得公众的支持和合作，就能拥有市场，就能获得源源不断的利润，就能在激烈的市场竞争中立于不败之地。

良好的形象是组织的无形资产,公共关系的一切工作都是围绕形象目标而展开的,因此,具有明确形象意识的从业人员,才能够深刻理解知名度和美誉度对社会组织的生存和发展的重要性,才会在工作中敏锐体察组织形象的问题,自觉维护组织的形象。

组织形象是多方面的。包括产品形象、员工形象、环境形象、服务形象、文化形象、实力形象等。对于企业而言,形象的本质是商誉。

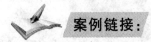

【案例1-6】以誉取信

1999年金六福企业与江苏某公司合作。总经理吴向东承诺"一旦发生窜货行为,金六福按发现一件赔两件的标准赔偿"。结果真发生了窜货事件,金六福兑现承诺,赔偿几百万元,维护了金六福的信誉。

诚信积累信誉,精心维护信誉,是企业成功的根本。1985年元旦,信誉楼挂牌营业,强调"诚信为本,视客为友"、"以诚待人,以誉取信"。对销售的商品实行"五试一退";自行车试骑3天;洗衣机试用7天;电视机允许试看半个月;收音机、录音机试听5天,各种日用品可以当面试用;凡信誉楼经营的商品,属于质量问题,可凭发货票据退换,他们提出退货没商量,保准您满意。在假冒伪劣商品充斥市场,而商家又不保退换的大环境里,信誉楼宁可冒赔钱风险也要确保商店信誉,确保消费者的利益不受损害。所以,信誉楼地处边远小县却辐射全国,已从欠发达的河北省沧州市属下的黄骅市(县级市)走向河北、走向全国。现在总建筑面积十几万平方米,总资产5亿多元,员工8000余人。市场经济是诚信经济,诚信是一种宝贵的资源,谁拥有了它,谁就拥有了打开财富之门的"金钥匙"。

二、公众意识

公众意识是公共关系意识中的导向意识,以公众为导向不仅是公共关系理论中的基本观点,而且日益成为公共关系实践中的普遍共识。这是因为,社会组织要在公众中树立良好的信誉和形象,得到社会各界的信赖和支持,就应该在从事各种活动时既要考虑本组织的利益,又要考虑社会大多数公众的利益,并且把公众的利益放在首位,把满足公众的需要作为组织工作的出发点,做到为公众服务,对公众负责。

公共关系就是公众关系,组织是因为有公众才有其存在的意义。因此,组织应一切为公众的利益着想,创造一切条件为公众服务,满足公众不断发展的需求。只有牢固树立"公众第一"的观念,明确组织的公共关系工作归根到底就是为了"赢得公众",才能承担起组织应有的社会责任,才能真正做好组织的公共关系工作。

(一)坚持顾客满意第一的原则,做好服务工作

美国一家超市"服务到家里"。有一位顾客原打算买一张餐桌,但是因为超市的服务员到顾客家里免费帮他设计,结果买了一个餐厅的全套家具和饰品。

上海一家商场真心实意为顾客服务。为一位脚有残疾的顾客度身定做,并送货上门。

最难能可贵的是，考虑到有残疾的那只脚费鞋，竟然做了3只鞋。这么贴心的服务，能不让人满意吗？

可是某些职能部门，不讲清办手续需要哪些材料，让来办事的人一趟一趟地跑。再有，某些城管人员钓鱼执法、野蛮执法，激起公众的强烈不满。如果他们心里有公众，态度能这么恶劣吗？

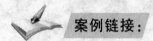 案例链接：

【案例1-7】钓鱼执法事件

2009年10月14日晚，上海无辜司机孙中界的善意助人行为，被城管部门认定为"非法营运"，为证清白，孙中界用刀砍伤手腕。经媒体报道后，"钓鱼执法"行为引起广大公众关注。

18日，上海市政府要求浦东新区政府迅速查明事实并及时公布于众。20日，浦东有关方面公布"调查报告"，称"孙中界涉嫌非法营运行为情况属实"，"并不存在所谓的'倒钩'执法问题"，公众对此持怀疑态度。

同一天，面对舆论压力，为调查"孙中界事件"真相，浦东新区政府组织成立了包括新华社记者在内的联合调查组。26日，浦东新区政府举行新闻通气会，认定有关部门在执法过程中使用了不正当取证手段，并就20日公布的错误结论，向社会公众做出公开道歉。

（二）科学地实行承诺制

哈尔滨医药公司承诺："如售假药，赔款2万元，发现违价，赔款2万元；发生吵架，登报道歉。"以严格管理做保障，为公司赢得了声誉。

某银行承诺"3分钟办完存储手续，误时1分钟，赔偿2元钱。"结果有一个储户存折丢失，59天才办完存储手续，按其承诺应赔偿5万元，但只赔偿1000元。

（三）内部公众与外部公众同样重要

公众不仅包括顾客、新闻界等外部公众，还包括员工、股东等内部公众。组织要充分重视内部公众的工作，保护内部公众的物质利益和精神需求，激发员工的工作潜力和工作积极性，形成"人和"的组织环境，从而保证组织的良性运行。海尔集团的"云燕镜子"，就是坚持"以人为本"，尊重员工的个人价值的举措，不但激励了高云燕，还激励了全体员工的主人翁的创造精神。有的企业，在内部建立保护员工正当利益的缓冲机制，设"委屈奖"，取得很好效果。

三、沟通协调意识

沟通协调意识指注重信息的双向沟通，主张依靠信息沟通去消除误解、冷漠和偏见，赢得理解、信任、合作与支持。通过信息交流以促进组织与公众的相互了解，让公众掌握组织的真实情况、了解自己的诚意，同时也设法了解公众的实际想法和各种需求，进而调整组织的决策和行为，协调与公众的关系。只有在协调的状态下，社会组织和公众才能各得其所，才能获得更好的生存和发展的空间。

从组织内部来看，只有建立起纵向和横向的通畅的传播沟通渠道，才能达到思想上的理解、认识上的共识、情感上的交融、行动上的协调，才能使各种隔阂与误解得以消除。由此，便可以形成一个强大的引力场，组织内部公众就会被吸引到同心协力实现组织目标的轨道上来。从组织外部来看，只有了解与各方面公众的需求及意向，准确地把握舆论状况及趋势，以利于组织在协调公共关系中正确决策、调整应付，才能增进了解与信任、化解矛盾与冲突、密切联系与情感、促进互助与互利，以利于组织在协调的公共关系状态下广结善缘、赢得支持；由此，便可以形成宝贵的形象资源和优势，形成和谐的公共关系环境，实现组织的可持续发展。

与公众的沟通协调要坚持真实性原则。只有以诚恳的态度传播真实的信息，才能收到令人满意的沟通协调效果。如对药物的毒副作用、手术后遗症，一定要如实告诉患者及其家属。上市公司的业绩要真实，不能欺骗投资者。如 2001 年美国"安然事件"，使安然公司成为经理控制企业种种弊端的象征；随后，美国世通公司的假账丑闻又暴露在光天化日之下；事隔几天，另一名大公司施乐公司又曝出新的丑闻——连续 5 年夸大营业收入 60 亿美元。仅 2001 年第一季度，美国证券交易委员会就调查了 64 宗会计和财务造假案。我国也有郑百文、红光、蓝田事件。这些大公司长期以来吹捧以"诚信"为核心理念的企业文化，但其行为始终不诚信，这样的企业如果不悬崖勒马，最终结果就是葬送自己的前程。英特尔公司 1994 年也因隐瞒奔腾主机芯片可能出现的运算错误而导致 20 亿美元的惨重损失。

与公众的沟通协调还要坚持及时性原则。例如，2001 年 9 月 14 日，广东省阳江市发生百名学生喝奶中毒事件。广州风行牛奶厂立即声明"阳江市百名学生喝奶中毒事件与风行牛奶厂无关"，避免因公众误解而受牵连。三九医药股份有限公司积极应对"PPA 事件"，也反映了其具备强烈的公共关系意识。而上海冠生园食品有限公司就因反应迟钝，受到南京冠生园食品有限公司之累。

四、全员公共关系意识

所谓全员公共关系意识，就是要求组织的每一位员工都要有强烈的为组织增辉的意识，都有意识地为树立、维护、传播和完善组织形象而努力。塑造组织形象，不能单靠组织的领导，也不能单靠公共关系专业人员，而必须靠全体员工共同努力。每一位员工都是组织与外部公众接触的触角，都处在组织公共关系的第一线，都是非常重要的公共关系行为主体。只有每一位员工都自觉地开展公共关系活动，通过自身良好的行为帮助组织扬名立善，组织的良好形象才有坚实可靠的基础，组织才能经受住外部公众的严峻考验。长城饭店在这方面就做得很好。一个服务员在整理房间时，发现一位旅客看了一半的书。她没有简单地合上完事，而是精心地设了一个书签，旅客深受感动。

五、社会责任意识

每一个组织都是社会的一员，都应积极承担社会责任。企业自身的经济效益与社会效益本质上是统一的。企业的社会效益是企业生产的真正价值。作为一个企业，积极承担其应有的社会责任是必要的义务。总体来说,企业社会责任主要包括5个方面内容:一是卓越的公司治理和道德价值,主要包括遵守法律、现有规则以及国际标准,防范腐败贿赂,包括道德行为准则问题,以及商业原则问题;二是为社会提供质优价廉的商品和优质的服务;三是对员工的责任,主要包括员工安全保障、就业机会均等、反对歧视、保证薪酬公平、增加员工福利等;四是对环境的责任,主要包括节约资源、维护环境质量,使用清洁能源,保护生物多样性等;五是社会可持续发展的广义贡献,主要指广义的对社会和经济福利的贡献,诸如在教育、文化、体育、赈灾、扶贫等公益事业领域做出应有的贡献。

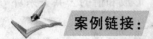

【案例1-8】苏宁电器回馈社会

苏宁电器股份有限公司(简称苏宁电器)在企业做大做强的同时,坚持做负责任的企业公民,在吸纳就业、缴纳税收和慈善公益等领域不断回馈与服务社会,并努力通过企业的发展带动行业提升、城市发展与社会繁荣。目前,企业累计纳税近百亿元,直接解决就业12万人,间接支撑就业人数上百万人,多次荣获国家、省、市税务部门颁布的纳税先进企业称号,在抗灾救民、捐资事业、扶贫助困、疾病防治、环境保护等领域累计捐赠7亿多元。2006年,苏宁电器创立"1+1阳光行——苏宁社工志愿者行动",号召全体员工每人每年捐出1天工资用于慈善捐赠,每人每年奉献1天时间参加社工服务,成为中国第一家将社会公益长期化、制度化推进的企业。"1+1阳光行"自启动以来,全国共组建500支志愿者分队,年平均活动人数已达到12万人次。

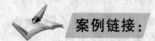

【案例1-9】百年老店——同仁堂

有300多年历史的北京同仁堂药店,不仅药品货真价实,而且为患者熬药、寄药,免费名医坐堂,还对贫弱者减免药费,送绿豆汤、降温药等,树立了一个负责任老店的良好形象。

许多企业都具有强烈的环保意识,并把这种意识化为实实在在的行动。但也还有不少企业极度缺乏环保意识,私采乱建,乱排乱放,对环境造成极大破坏,成为社会和后代的罪人。

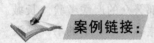

【案例1-10】紫金矿业"环保门"

紫金矿业集团股份有限公司(简称紫金矿业)在环保方面一直存在不良记录。紫金矿业在福建龙岩以及河北张家口等地发生过环境污染事件。因此,2010年5月,紫金矿业曾受到国家环保部通报批评,并责令整改旗下企业。2010年7月3日,紫金矿业遭遇福建上杭污水池渗漏，大量酸性含铜污水流入汀江，造成河流污染，当地棉花滩库区死鱼和鱼中毒达到 378 万斤。同年 7 月 16 日，在随后的应急处理过程中，紫金矿业刚修建的中转污水池竟然再次发生渗漏。2010 年 9 月 21 日，悲剧再次发生。由于暴雨，紫金矿业位于广东省信宜市的银岩锡矿高旗岭尾矿库突然溃坝，随之产生的洪水和泥石流令 20 多名村民死亡或失踪，靠库坝最近的达垌村几乎被溃坝洪水泥石流夷为平地。2011 年 2 月 15日，广东信宜市 852 名村民，起诉信宜紫金矿业公司和信宜市宝源矿业公司及其控股方紫金矿业和相关企业单位，要求赔偿约 1.7 亿元人民币。像紫金矿业这样严重缺乏环保意识的企业，必将付出惨重的代价。

六、互惠意识

互惠意识是公共关系意识中的功利意识。公共关系活动是一种追求利益的活动，是有明确目的的活动，但公共关系追求利益的方式与最终目的跟其他单纯的利益行为有着明显的不同。这是因为：首先，社会组织的利益是在满足公众利益需求的前提下实现的；其次，公共关系中的互惠互利不是直接的等价交换，是对物质和精神上的投入，不能要求产生立竿见影的效果，更不能急功近利，而是要树立一种"精诚所至，金石为开"的意识，相信平时真诚的投入，到时必有回报。

互惠互利、"与自己的公众共同发展"是社会组织开展公共关系工作的原则，也是组织是否真诚地对待公众的试金石。在现代社会，任何组织都希望有一个良好的发展环境，都希望得到更多公众的信任、理解和支持。但组织在自身的发展过程中，能否想到信任、理解和支持自己的公众的利益，能否想到自己对公众的回报，是组织是否具有互惠互利意识的表现。不具有这一互惠意识的公共关系人员，是不可能做好公共关系工作的。

 案例链接：

【案例 1 - 11】苏宁模式

苏宁电器成功开创一种独特的营销模式——苏宁模式，即淡季打款支持生产企业生产资金，旺季得到优先供货和价格优惠。在空调销售的淡季，苏宁电器以预付款的形式，从空调厂家那里拿到了极为优惠的价格。在高峰时期，苏宁电器每月仅打给春兰的预付款就高达 6000 万元，吃进大批空调。由于苏宁电器提前把款项打给厂家，极大缓解了厂家对资金需求的压力，厂家相当于无偿获得了一笔无息贷款，而当时家电市场还处在计划经济向市场经济转型，商品供不应求的紧缺时代，众多国营商场的空调，还是计划经济、计划调拨的思维，不用说淡季打款，不仅在价格上根本无力与苏宁竞争，而且有时根本无货可卖，更别谈第一个拿到新品、新款。因此空调厂家对于苏宁电器的支持当然要进行大力回报，首先是以极低的价格供给苏宁电器空调；其次，在货源上首先保证苏宁电器，新品、新款首先供应苏宁电器。因此，当年旺季到来，苏宁电器就有备而来，货源上面得到充足的保证，面对消费者的精打细算，苏宁电器单台空调具备 150～700 元的价格空间。至少有 150 元的优惠，在那个时代无疑有着巨大的诱惑，有强大的市场冲击能力。也难怪

1993 年，苏宁电器能够"以一抵八"，成功突破国营商场包围圈，次年即以 4.5 亿元首登中国空调销售冠军宝座。

七、创新意识

创新意识是公共关系意识中的特征意识。它集中、深刻地反映和体现了公共关系的创造性这一本质特征。作为一种创造性的活动，公共关系活动要根据不同的对象，不同的目标，创造出与之相应的公共关系活动方案。社会组织能够通过求新、求变、求发展的公共关系活动，不断地给组织的公共关系增添新的营养，注入新的活力，使之在日益激烈的竞争中立于不败之地。创新是公共关系具有生命力的永恒主题。

塑造组织形象过程中的每一个公共关系活动都不可能是以往或他人已有的活动形式的简单重复，其策划与设计都需要有所创新。人们说公共关系是一门科学和技术，是因为它有可遵循的客观规律，有相对稳定的操作程序；而说公共关系是一门艺术，则指的是它有突破固定程式、追求不断变化的特点。唯有创新，才能塑造具有个性的组织形象；也唯有创新，才能使组织的良好形象打动公众，征服公众。

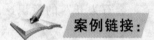 案例链接：

【案例 1－12】帝斯曼"面粉强化计划"

营养不良又被称作隐性饥饿，导致营养不良的主要原因就是维生素和矿物质等微量元素的缺乏。食品强化是一种通过在食物中添加微量营养素来改善食物营养的方式，这种方式成本低廉、安全有效，是最适合中国目前的发展状况的方式。从 2003 年 2 月起，帝斯曼营养促进项目与中国相关政府部门合作，面粉强化推进计划在全国范围展开，共有 15 家主要面粉加工厂在其所生产的面粉中添加维生素 B_1、B_2、叶酸、烟酸、钙、锌和铁。在中国西部贫穷和营养不良地区，营养素以及维生素 A 的添加使约 4 亿人从此计划中获益。

公共关系意识是公共关系人员的思想灵魂，它的培养和形成十分不容易，一旦形成却能够大大改善社会组织的公共关系状态，在公众心目中树立起知名度和美誉度俱佳的组织形象。

本 章 小 结

（1）公共关系是社会组织为了实现自己的目标，以传播为手段，与公众建立了解和依赖的关系。

（2）现代公共关系产生于 19 世纪末 20 世纪初的美国。大体经历了巴纳姆、艾维·李、伯内斯和卡特里普 4 个不同阶段，并呈现出新的发展趋势。

（3）公共关系的职能为采集信息，监测环境，宣传引导，传播推广，咨询建议，形象管理，协调关系，柔性管理。

（4）公共关系意识由形象意识、公众意识、沟通协调意识、全员公关意识、社会责任意识、互惠意识和创新意识等组成。

综 合 训 练

一、知识点测试

（一）填空题

1. 公共关系内容包括（　　　　）与（　　　　）。

2. （　　　　）是公共关系活动的组织者与实施者，是公共关系活动的核心。

3. 公共关系活动的基本原则有（　　　　）、（　　　　）、（　　　　）、（　　　　）。

4. 公共关系职能就是公共关系在组织应发挥的（　　　　）与（　　　　）。

5. 低层次的公共关系活动方式多种多样，主要是（　　　　）、（　　　　）、（　　　　）、（　　　　）联络朋友、协调关系等。

6. （　　　　）被称为第一部公共关系专著，是公共关系理论发展史上的一个里程碑。

（二）单项选择题

1. 在 19 世纪 30 年代，《纽约时报》率先发起了"便士报活动"这是（　　　　）。

A. "凡宣传即好事"时期的公共关系

B. "投公众所好"时期的公共关系

C. "说真话"时期的公共关系

D. "双向对称"时期的公共关系

2. 民主政治取代专制政治这是公共关系产生的（　　　　）。

A. 文化条件　　　　B. 历史条件　　　　C. 政治条件　　　　D. 经济条件

3. 被称为现代公共关系之父的是（　　　　）。

A. 艾维·李　　　　B. 乔治·帕克　　　　C. 爱德华·伯内斯　　　　D. 约翰·贝克勤

4. "拉关系""走后门"属于（　　　　）。

A. 公共关系　　　　B. 庸俗关系　　　　C. 人际交往关系　　　　D. 协调关系

5. 在公共关系体系中主体与客体间的联系是（　　　　）。

A、公共关系主体　　B. 公共关系客体　　C. 公共关系中介　　　　D. 咨询引导

（三）多项选择题

1. 公共关系的 3 个构成要素是（　　　　）。

A、社会组织　　　　B. 社会公众　　　　C. 传播　　　　D. 社区

2. 公共关系研究的对象有（　　　　）。

A. 社会组织　　　　　　　　　　B. 社会公众

C. 传播与沟通　　　　　　　　　D. 组织形象塑造的基本方法和策略

3. 公共关系的基本职能有（　　　　）。

A. 采集信息，监测环境　　　　　B. 宣传引导，传播推广

C. 咨询建议，形象管理　　　　　D. 协调关系，柔性管理

4. 公共关系产生的原因是（　　　　）。

A. 商品经济的发展　　　　　　　B. 民主政治的产生

C. 传播媒介的发展　　　　　　　D. 公众舆论的要求

5. 公共关系的核心意识（　　　　）。

A. 形象意识　　　　B. 公众意识　　　　C. 社会责任意识　　　　D. 创新意识

二、案例分析：

案例1:

三 鹿 奶 粉 事 件

2008 年 6 月 28 日，位于甘肃省兰州市的解放军第一医院收治了首例患"肾结石"病症的婴幼儿，据家长们反映，孩子从出生起就一直食用河北石家庄三鹿集团股份有限公司（简称三鹿集团）所产的三鹿婴幼儿奶粉。7 月中旬，甘肃省卫生厅接到医院婴儿泌尿结石病例报告后，随即展开了调查，并报告卫生部。随后短短两个多月，该医院收治的患婴人数就迅速扩大到 14 名。

甘肃省省委、省政府领导和各相关部门对"肾结石事件"也高度重视。省委书记、省人大常委会主任陆浩闻讯后立即作了批示："立即采取措施，及时妥善处理。"省委副书记、省长徐守盛，省委常委、常务副省长冯健身也于 9 月 10 日作出批示，要求卫生部门及各监管部门做好患儿救治，迅速排查。

9 月 11 日，除甘肃省外，陕西、宁夏、湖南、湖北、山东、安徽、江西、江苏等地都有类似案例发生。

9 月 11 日晚卫生部指出，近期甘肃等地报告多例婴幼儿泌尿系统结石病例，调查发现患儿多有食用三鹿牌婴幼儿配方奶粉的历史。经相关部门调查，高度怀疑三鹿集团生产的三鹿牌婴幼儿配方奶粉受到三聚氰胺污染。卫生部专家指出，三聚氰胺是一种化工原料，可导致人体泌尿系统产生结石。

9 月 11 日晚，三鹿集团发布产品召回声明称，经公司自检发现 2008 年 8 月 6 日前出厂的部分批次三鹿牌婴幼儿奶粉受到三聚氰胺的污染，市场上大约有 700 吨。为对消费者负责，该公司决定立即对该批次奶粉全部召回。

9 月 12 日，受甘肃省省委、省政府委托，甘肃省副省长咸辉带领有关部门负责同志，到解放军第一医院看望、慰问该院收治的肾结石患儿。

9 月 13 日，党中央、国务院对严肃处理三鹿牌婴幼儿奶粉事件作出部署，立即启动国家重大食品安全事故Ⅰ级响应，并成立应急处置领导小组。

9 月 13 日，卫生部党组书记高强在"三鹿牌婴幼儿配方奶粉"重大安全事故情况发布会上指出，"三鹿牌婴幼儿配方奶粉"事故是一起重大的食品安全事故。三鹿牌部分批次奶粉中含有的三聚氰胺，是不法分子为增加原料奶或奶粉的蛋白含量而人为加入的。

9 月 14 日，卫生部部长陈竺带领有关司局领导及专家飞抵兰州，针对河北省有关三鹿奶粉事件应急处置工作展开专题调研。

9月15日，甘肃省政府新闻办召开了新闻发布会称，甘谷、临洮两名婴幼儿死亡，确认与三鹿奶粉有关。

10月27日，北京三元食品股份有限公司（简称三元）首次正式承认正与三鹿集团进行并购谈判。10月31日，经财务审计和资产评估，三鹿集团资产总额为15.61亿元，总负债17.62亿元，净资产－2.01亿元，已资不抵债。

12月2日，曾是三鹿集团最大液态奶生产基地的邢台三鹿乳业有限公司正式更名为河北贝兰德乳业有限公司。

12月8日，三元股份公告称，其董事会已经批准了《关于在河北石家庄成立子公司的议案》。三元股份以现金出资人民币500万元，在河北省石家庄市注册成立全资子公司。

12月13日前后，三鹿二厂开工复产，这是三元在"托管"模式下，启动生产的首个厂区。此后传出消息，三鹿集团的7家非核心企业已陆续开工生产，但全部更名。

12月19日，三鹿集团又借款9.02亿元付给全国奶协，用于支付患病婴幼儿的治疗和赔偿费用。

12月下旬，债权人石家庄商业银行和平西路支行向石家庄市中级人民法院提出了对债务人石家庄三鹿集团股份有限公司进行破产清算的申请。

12月23日，石家庄市中级人民法院宣布三鹿集团破产。12月24日，三鹿集团收到石家庄市中级人民法院受理破产清算申请民事裁定书，一切工作正在按法律程序进行。三鹿将由法院指定的管理人（三鹿商贸公司）来管理，管理人将对三鹿资产进行拍卖，然后偿还给债权人。这一过程将在6个月内完成。

12月24日，河北省石家庄市政府、三鹿集团选取20多个代理商代表，到三鹿集团商谈，最终三鹿集团与代理商达成还款意向。

12月25日，三元回应三鹿集团破产：重组方案调整须董事会决定。

12月26~31日，法院将审查债权人申请。

12月26日，清算工作组已进驻三鹿集团。

12月26日，石家庄市中级人民法院开庭公开审理张玉军、张彦章非法制售三聚氰胺案。无极县人民法院、赵县人民法院、行唐县人民法院分别开庭审理了张合社、张太珍以及杨京敏、谷国平生产、销售有毒食品三案。

12月31日，石家庄市中级人民法院开庭审理了三鹿集团及田文华等4名原三鹿集团高级管理人员被控生产、销售伪劣产品案，庭审持续14小时。

1月22日，三鹿系列刑事案件，分别在河北省石家庄市中级人民法院和无极县人民法院等4个基层法院一审宣判。田文华被判生产、销售伪劣产品罪，判处无期徒刑，剥夺政治权利终身，并处罚金人民币2468.7411万元。

另悉，这批宣判的三鹿系列刑事案件中，生产、销售含有三聚氰胺的"蛋白粉"的被告人高俊杰犯以危险方法危害公共安全罪被判处死缓，被告人张彦章、薛建忠以同样罪名被判处无期徒刑。其他15名被告人各获2~15年不等的有期徒刑。

2月1日，田文华提出上诉，请求撤销一审判决，改判上诉人不构成指控所涉罪名。

问题：从三鹿奶粉事件谈公共关系职能。

（二）股东

（1）确定股东身份。

（2）明确股东作用。

（3）信息传播经常化。

 案例链接：

【案例 2 - 2】足球场外的"战场"
——中体产业小股民维权活动

2010 年 9 月 6 日，媒体爆出中体产业董事长谢亚龙被警方带走协助调查南勇、杨一民案件。紧接着 13 日晚间，中体产业发布公告，董事长谢亚龙被公安部门立案侦查，由刘军副董事长代理董事长职务直至新的人选产生。公安部官方网站随即发布消息，在国家体育总局的配合下，专案组已依法对谢亚龙、李冬生、蔚少辉立案侦查。于是，一系列体坛黑暗面暴露于阳光下。董事长出事了，中体产业的滞后公告，引发投资者的不满，随即中体产业的小股东纷纷拿起法律武器维权，强烈要求赔偿。谢亚龙事件发生后，中体产业几天的时间，市值就缩水了 6 亿元。

（三）顾客

（1）研究顾客需要，树立顾客至上的理念。

（2）努力为顾客提供优质的产品和服务。

（3）加强沟通。

（4）正确处理投诉。

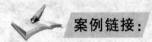 案例链接：

【案例 2 - 3】郁美净过期门

2010 年 4 月初，天津郁美净集团被其武汉商贸公司女员工曝出将过期产品更换包装改日期再卖。其中一位员工证实，产品的标签、套盒、包装箱都是由天津郁美净集团发来武汉，他们给产品换好新包装后入库，这些产品会重新回到卖场。经媒体披露后，武汉郁美净负责人向消费者道歉。

天津郁美净集团对此解释称，武汉郁美净"过期门"只是个案，不涉及全国其他地区，称郁美净"有非常完备的召回和销毁制度"。4 月 7 日，集团总部派专人赴武汉调查。在武汉或北京，郁美净产品并未下架。

作为经典国货，郁美净此举确实伤了大批对国产品牌持忠诚态度的消费者的心。加上是婴幼儿品牌，网友纷纷表示愤怒、失望。虽然只是武汉地区的"个案"，但郁美净的品牌信誉仍然因为过期换包装一举而大受影响。"道歉"和"个案"的撇清并不足以弥补危机带来的损失。国货品牌要想在市场竞争如此激烈的时代仍然保有份额，只能是踏踏实实地保证质量，树立口碑。

（四）媒体

（1）要积极主动地与新闻媒体取得联系，并保持经常。

（2）充分尊重，以礼相待，一视同仁。

（3）与其合作坚持实事求是、快速高效的原则。

（4）冷静对待新闻界的负面报道，尽量不采取对簿公堂的方法。

（5）制造新闻。

 案例链接：

【案例 2-4】中国石油应注重与媒体沟通

2007 年岁末，由人民网主办的企业社会责任调查活动结果公布，最终中石油、国家开发银行、三星（中国）、海尔等 20 家企业获得了"人民社会责任"奖。谁知，中石油获得"人民社会责任奖"的消息一经公布，立刻引起了社会舆论的一片哗然，人们纷纷质疑中石油是否有资格担当此殊荣，更有网友称其为 2007 年最大的黑色幽默，中石油的获奖一时间竟在网络被广大公众当成笑柄。

当今社会，媒体是一个重要的传播舆论工具。企业掌握了媒体就等于掌握了对大众消费者的"话语权"，因为企业的声音和意图需要媒体来帮他传达。作为国家石油的支柱企业，中石油每年的利润都在上千亿，给国家上缴的利税也是非常可观的，2003~2006 年，还积极向慈善机构捐赠 7.2 亿元，但这些又有多少人知道？大多数人知道的就是与国际市场接轨的"油价跟涨不跟跌"等，面对负面新闻的层层波浪，中石油要善于利用媒体，向公众传达企业的社会责任、获得公众的理解，来提高企业的美誉度。因此企业要做到乐意和媒体打交道，建立融洽的媒介关系。

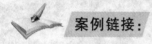 案例链接：

【案例 2-5】"稳德福"烤鸭店

上海有一家"稳德福"烤鸭店，在 1991 年教师节，新民晚报上刊出一则广告，内容有对教师购买烤鸭优惠的举措，并称凭借 30 年教龄证书，可再优惠到每只 10 元。可是由于对全上海市共有多少位 30 年教龄的教师估计不足，致使供与求出现了矛盾。几天之后，《新民晚报》和上海电视台等新闻媒体纷纷发表文章或作出报道，称"稳德福"是利用教师节搞噱头，优惠教师是虚做广告是实。"稳德福"成了欺骗教师的罪魁，从而成为公众舆论的靶子。在巨大的压力面前，"稳德福"首先开展了深刻的自我批评，而非去责怪媒介不全面的报道及过激的言辞。然后主动与新闻媒介沟通，表明自己感谢与歉意的立场。同时采取多种补救措施，如团体预订等，保证教师供应。店里的职工日夜不停地加工，请假的职工也坚持上班。诚恳的态度与一颗热忱的心感动了全市许许多多的教师。《新民晚报》也主动刊文表示批评得不全面。如何使公众的权益得到维护，如何矫正舆论的方向确实是企业所要面对的一门深奥的学问。

（五）社区

（1）树立强烈的社区意识。

（2）加强双向沟通。

（3）为社区多办实事。

 案例链接：

【案例2-6】润物细无声
——三联家电社区文化公共关系案例

三联家电通过在社区建设公司宣传栏、门卫派送、居民信箱，采用宣传海报、专项《××报》、DM派送等手段完成企业文化的宣传与促销信息的传递。除了促销信息的发布外，更多的是关注消费者生活需求、文化需求的信息传递，更多的是企业形象的传递。让公司文化与社区居住人群进行有效地融合。三联家电不定期组织小区儿童公益活动；开展针对小区购物的特别优惠卡活动和各种联谊活动等。尤其是社区亲情回访活动，进行入户式的亲情活动，和消费者进行零距离的接触，了解一手需求信息及宣传企业形象，收集顾客翔实资料，建立顾客档案数据库。随着与小区合作关系的加深，逐步采取小型的小区专项促销活动，如五一前进行小区内的厨卫产品活动；商场新增服务项目的咨询推广活动；新型产品展示活动等。通过社区公共关系建立与消费者的良好沟通，达到润物细无声的境界，淡化商业味道，强化公益气息。

 案例链接：

【案例2-7】上海搪瓷一厂妥善处理"三废"扰民问题

上海搪瓷一厂是一家有着60多年历史的老厂。该长原先厂房狭小，设备陈旧。烟囱灰、矽尘和噪音"三废"不仅严重影响本厂职工的身体健康，而且也严重影响周围居民的正常生活。其中最为严重的是喷花车间喷出的矽尘，使天空总是黄烟滚滚，弄得周围居民家中满是灰尘，连花木都枯死了。周围居民意见很大，许多投诉信函像雪片一般飞到上级政府部门，还不断有人上门质问。为了改善本企业同社区公众的关系，在社区中树立起良好的形象，上海搪瓷一厂组织起一个领导小组，一方面抓除尘工作；另一方面，也积极开展社区公共关系活动。他们邀请附近居民代表来厂参观，了解生产中的具体情况；到居民委员会召开座谈会，虚心听取居民们的批评和意见，诚恳地表示道歉。经过一段时间的努力，矽尘被控制住了，噪音也减小了。同时，厂区周围居民也感到上海搪瓷一厂是真心对社区民众负责的，怒气逐渐消除了，上海搪瓷一厂在社区中的声誉迅速好转。

（六）金融界

（1）奉守诚信原则，提高还贷能力。

（2）主动联系，积极配合。

（七）政府

（1）遵纪守法。

（2）主动配合工作。

（3）提高经济效益，多做贡献。

 案例链接：

【案例2-8】二汽和十堰大厂小市之间的较量

第二汽车制造厂（简称二汽）是一家大型的中央企业。可二汽所处的十堰市则是湖北省的一个省辖小市。过去，二汽和十堰市之间常闹摩擦，相互争名，争权，争利。二汽人常以二汽块头大和级别高自居，不把十堰市放在眼里。十堰市则认为自己是一级政府，企业再大也要服从地方政府的管理。双方互不买账，互相掣肘。结果，双方的利益都受到了损害。当然，也损害了国家利益。1989年以来，二汽和十堰市的领导者都认真反思，总结教训。他们感到过去眼光狭隘，相互争斗，造成两败俱伤，现在该是清醒的时候了。只有和睦相处，相互尊重，团结奋斗，才能有利于双方的共同进步和社会生产力的发展。基于这种共识，双方自觉做到不争名，不争权，不争利，彼此互相帮助和互相支持。二汽人自觉接受十堰市政府的领导和管理。凡十堰市环保部门对二汽污染的处理，工商部门对二汽厂区集贸市场的管理，公安部门对汽车出售临时牌照的发放和对农转非户口的审批等，二汽相关部门都积极支持和配合。对于十堰市政府关于精神文明建设和人口普查等工作的布置，二汽也都认真照办。二汽为了支持和帮助十堰市的城市建设，每年还拿出300万～500万元的城建费。二汽还积极支持地方工业的发展，向其扩散产品，输送技术骨干。二汽还将汽车以优惠价售给十堰市，让十堰市有利可图。十堰市也尊重二汽，大力支持二汽的生产和销售。十堰市党委和政府凡制定重大决策，事先都征求二汽的意见。十堰市在二汽受到市场疲软的困扰时，积极为二汽筹措资金，帮助东风汽车打开销路。十堰市想方设法为二汽服务，在1990年5月1日，十堰市政府专门组织工商、保险、交通、公安等8个部门为促销东风汽车提供"一条龙"服务，让二汽的用户在一间办公室里不用半天就办完过去需要奔波三五天才能办完的购车手续。十堰市还体谅二汽在1990年遇到的困难，主动不要城建费。二汽和十堰大厂小市之间团结奋斗，使其工业产值逐年上涨。

（八）社会名流

（1）选择合适的社会名流交往、合作。

（2）举止得当，不失礼节。

（3）提前预约，珍惜时间。

 案例链接：

【案例2-9】"体操王子"李宁使健力宝集团如虎添翼

1989年4月，健力宝集团聘请了被誉为"体操王子"的前国家体操队运动员李宁为总经理特别助理，主管公共关系与信息传播工作。借助于李宁在国内外体育界的崇高声誉，为这家从事运动饮料和体育用品生产经营的企业进一步开拓了海内外体育界的高层关系，进一步确立了其"运动饮料王国"的地位。国内外公众看到，作为健力宝总经理助理的李宁活跃在亚运会、奥运会的许多重要场合，使健力宝集团在亚运会、奥运会等国内外高层次的体育运动盛会中一次又一次地成为世人关注的热点，说明李宁在体育界的公共关系能量使健力宝集团如虎添翼。其公共关系价值在健力宝集团得到了充分的体现。

（九）外宾

（1）维护国家主权和利益，维护民族形象。

（2）不卑不亢，一视同仁。

（3）遵守国际惯例。

（4）优化形象，扩大影响。

第三节　公共关系媒介——传播

公共关系活动过程就是社会组织同公众之间进行传播和沟通的过程。传播是社会组织了解公众、公众认知组织的中介和桥梁。公共关系工作从本质上来说就是一种传播活动。要做好公共关系工作，必须了解传播的基本原理，掌握传播的一般规律和技巧，有效地利用各种传播媒介，来协调双方的关系，努力营造一个良好的公众环境，达到共同繁荣、共同发展的目的。

一、传播的涵义与要素

（一）传播的涵义

"传播"（communication）一词源于拉丁文（communis），其意是"与他人建立共同意识"。所谓传播，就是传者与受者之间信息的双向交流与共享的过程。

（二）传播的特征

1. 双向对称性

传播关系是一种双向交流关系，两个人之间的信息传递是双向的；一个人自言自语或单独思考也是自身的双向交流。因此，传播具有双向对称性。

2. 共享性

传播是传播者与接收者信息资源共享的过程。信息区别于其他物质的一个重要特征是它可以被共同分享。信息的共享不仅不会产生损耗，而且还可以广泛地传播和扩散，使更多的人共享。

3. 目的性

公共关系传播必须以影响和改变公众的态度为目的。

4. 符号性

信息的传播活动是通过各种有意义的符号来进行的。诸如语言、声调、文字、图画、姿态、表情、摆设、着装、气味、颜色、时间、空间等都是符号。传播符号一般分为两类：语言形式的符号和非语言形式的符号。语言形式的符号是一种直接表达，非语言形式的符号是一种暗示，又可俗称为"暗号"。两者互相补充，从而加强了表达效果。

（三）传播的要素

信息传播由 5 个要素构成，即信源、信宿、信息、信道、反馈。它们之间相互联系、相互制约，并且处于不断循环的过程。

1. 信息发生源——信源

信息发生源是信息交流的基础，即传播者。在传播过程中，传播者处于积极、主动的地位。它确定传播的内容，选择传播的形式、方法。信源影响和制约着整个信息传播的全过程：传播什么、向谁传播、什么时候传播、什么地点传播、通过什么渠道传播、要达到什么目的等，都是由它所确定的。因此信息发生源是信息传播中最关键的因素。

2. 信息接收源——信宿

信息接收源就信息接收者，实际上就是公众，是信息到达的地方，即接受并利用信息的一方，又称受传者或受众。受众是传播的目标和归宿，在传播活动中虽然处于被动地位，但在对信息的接受上则有决定权。信息源从类型上来说，他们可以是个体、群体，也可以是各种社会组织。信息传播只有尊重公众的需要，反映公众的要求，并从传播内容上确保公众接收的可能性，才能使公众真正接收和分享组织传来的信息，取得良好的传播效果。

3. 信息内容——信息

信息是可以被感知、采集、储存和传递的，它是信息传播的原材料，是传播得以存在的基础。选择与加工出质高量足的信息内容，也是确保信息传播有效性的关键之一。

4. 信息通道——信道

信息传播通道，是指信息从发生源传输到接收源的过程中所经过的途径，也称媒介，媒介是信息传送的载体或渠道，用于记录、保存、传递、反馈信息，如语言媒介、文字媒介、实物媒介等。

5. 信息反向传播——反馈

在传播过程中，传播者可根据受众对信息的反馈来调整自己的传播行为。也就是说，信息反馈使信息传播构成了一个闭环控制系统，真正实现了信息传播的双向交流特性，有利于提高信息传播的质量和信息传播的效益。

二、传播的类型

信息传播分为自身传播、人际传播、组织传播和大众传播。

（一）自身传播

自身传播以自我为传播对象，是每个人几乎每时每刻都在进行的一种内在传播活动，表现为自我意识、自我表露、自我宣泄、内心冲突等。其传播特点有：传播量大、在人自身意识中进行、是外在交流的基础。

（二）人际传播

人际传播是个体与个体之间的信息传播活动。它是最常见、最广泛、最直观、最丰富的一种传播方式。其传播特点是：情感性和隐私性强，对象明确、有限，近距离直接传播，信息反馈灵敏及时，简便易行，但传播范围小。因此使用广泛、频繁，是增进相互情感的有效手段。

（三）组织传播

组织传播是指组织系统内部按一定程序和网络所进行的信息传播。其传播特点是：传播的主体是组织；传播范围小，一般限于组织成员；还具有层次性、可控性、保密性。组织传播是增强组织凝聚力、密切员工关系，提高工作效率的有效手段。

（四）大众传播

大众传播是通过大众传播媒介向大量的、不特定的社会公众进行信息传播的过程。其传播特点是：受者广泛、分散，传播主体的职业化、传播手段的技术化和产业化、内容丰富、形式多样。大众传播媒介有两大类型：一类是印刷类的大众传播媒介，如报纸、刊物；另一类是电子类的大众传播媒介，如电视、广播和互联网，其优点是传播范围广、影响力大、可信度高，但技术要求高，信息反馈慢。大众传播是提高组织知名度、美誉度的有效手段，是现代公共关系主要借助的传播工具。

三、传播的基本内容

公共关系信息传播的内容十分广泛，不同的公共关系工作，传播的内容不同，传播是为实现特定的公共关系目的服务的。下面根据社会组织在不同发展时期的特点和目标来确定公共关系传播内容。

（一）组织创立初期公共关系传播内容

组织创立初期的主要目的是提高知名度。这个时期传播的内容主要是介绍组织成立的情况，发展目标和宗旨，本组织的独特风格和特有形象。让公众对企业的有一个基本的了解，并对企业的发展充满信心，形成深刻的印象。

（二）组织发展时期公共关系传播的内容

在组织进入正常发展时期，保持、巩固和进一步扩大组织在公众中的好影响，对于组织今后的发展是极为重要的。要把本组织取得的新成绩、新成果或增设的新设备、新产品、新工艺和新的服务项目、服务方式等方面的情况及时地传播给社会公众，这样才能保持和加强组织对公众的特别影响，从而取得社会公众对组织的进一步了解、信赖、支持和合作。

（三）组织遭遇风险时期公共关系传播的内容

组织遭遇风险时期公共关系传播的任务是通过有效的传播，化解风险，帮助组织渡过难关。由于他人原因导致公众误解，使组织形象受到损害时，要澄清事实，说明真相。由于自己工作失误而导致公众利益受损时，应本着实事求是、有错必纠的态度，坦率地检讨本组织的过失，并将采取的改进补救措施、整顿情况及时地向社会公众说明，求得公众的谅解，以帮助组织重振声誉。

【案例 2–10】"带头吃鸡"

2004 年初，由于受到禽流感疫情的影响，市民们谈"鸡"色变。这种情景的蔓延，一方面有可能会形成社会恐惧心理，对社会安定不利；另一方面又直接影响禽类产品销售，影响相关产业的收入。"禽流感"已经形成公共危机，在这一时期，我们在新闻媒体上不断地看到这样的报道："××市副市长×××一行走进×××餐馆，在向店方详细询问了原料冻鸡的产地及检疫情况之后，这位分管该市医疗卫生的副市长在此吃了一顿'两菜一汤'的工作午餐：鸡汤、炒鸡蛋和红烧鸡块。"禽流感在全球多个国家发生后，很多政府官员都带头吃鸡，比如，泰国前总理他信，中国广东省、农业部、卫生部官员等。他们的行为无非是代表着政府应对危机的一种姿态。通过形象的手法与公众达到有效沟通的目的，消除大家不必要的恐惧心理，提升对政府处理危机能力的信心。

四、公共关系传播媒介的选择

每一种传播媒介都有长处和短处，只有选择得当，才能发挥最佳效益。在进行选择时，应遵循以下原则：有利于目标的实现、有利于公众的接受、有利于内容的传播、有利于经费的节约。正确选择传播媒介，必须考虑以下因素。

（一）媒体本身的特点

以大众传播媒介为例，电子媒介传递信息的优点是信息传递速度快，扩散范围广，不受时间和空间的限制，传递信息及时，易引起共鸣；接受信息方便，不受文化水平的限制；艺术性强，易吸引人。缺点是：信息传递时间性强，而且稍纵即逝，不便保存和查找；信息内容较浅显；费用高。印刷媒介传递信息的优点是：信息详细深入；信息可以随时随地凭兴趣需要自由选择，可以保存，便于查找；信息针对性强；信息容量大。缺点是：读者受知识文化水平和阅读能力限制；不够生动形象，吸引力差；信息传递速度慢，信息的时效性差。

（二）传播内容

一般来说，比较形象浅显的内容应选择电子传媒，反之，则应选择印刷传媒。

（三）传播对象

传播对象人数较少时，往往只借助于人际传播媒介；传播对象人数众多、范围很广时，大众传播媒体是必不可少的。另外，还要看传播对象的兴趣、爱好、文化、年龄、性别、职业、种族、价值观等。

（四）组织经济实力与预期传播效果

组织在进行公共关系传播时，必须同时考虑传播成本与预期传播效果两个方面。一般来说，大众传播媒体的传播范围广泛，传播的单位成本比较低廉，但总成本却会很高。没有雄厚经济实力的组织，不应为了追求声势而盲目选用大众传播媒体。因此，传播范围不要求很大时，应考虑选用非大众传播媒体。

五、公共关系传播障碍与克服

（一）公共关系有效传播的条件

公共关系有效传播的条件主要有：

（1）要有良好的传播者。

（2）要有良好的信息条件。

（3）要认真分析传播对象。

（4）要有良好的传播背景。

（5）要有良好的传播沟通方法和技巧。

（二）公共关系传播障碍

在实际操作中，会遇到各种各样的障碍。一般来讲，沟通中的障碍主要有主观障碍、客观障碍和沟通方式的障碍3个方面。

1. 主观障碍

信息的传播者与接收者由于自身条件、所处地位、在社会生活中扮演角色等因素的影响，往往导致信息沟通联络出现障碍。具体表现为以下几种情况：

（1）信息的传播者与信息的接收者在经验水平、知识结构上差距过大，就会产生沟通障碍。例如，一位刚毕业的年轻大学生与一个资历深厚且富有经验的部门经理就容易产生沟通障碍。这位部门经理认为许多年轻人是自由主义的、自私自利或缺乏奉献精神的。结果他在评价这位年轻人所做的任何工作时总抱有成见。同时这位年轻人也认为老一代是顽固不化的、呆板的和抵制新观念的。于是两代人的"代沟"直接导致了严重的沟通障碍。

（2）对信息的态度不同，或是认识水平有限，或是不感兴趣等，造成传播沟通障碍。同一信息，不同公众理解或掌握、记取的内容各不相同，公众总是乐于接受与他们原有的认识、态度、利益、需求相一致的信息。

（3）信息沟通中的角色障碍。地位的差异也会造成严重的沟通障碍。如果主管人员和下级之间相互不信任，下级人员的畏惧感等均会造成沟通障碍。

2. 客观障碍

（1）信息的发布者和信息的接收者如果在时间和空间上距离太远，容易造成沟通障碍。处在不同地理位置的传受双方会因社会文化背景不同、种族不同，接触机会太少而影响信息的沟通。

（2）组织机构庞大，中间部门太多，信息从最高层传达到基层，或从基层汇报到最高层容易出现失真现象；且需要较长的时间，从而影响信息的时效性。

3. 沟通方式的障碍

（1）语言的阐述不同造成沟通障碍。对非本行业的人使用"行话"，如财务部门的主管在与计划部门的主管进行交谈时用一些专业术语而使对方迷惑。另一种语言障碍就是多义词，同一句话在不同的环境或对不同的人表示的意思不同，因此，在传递信息时，传播者必须将那些易引起误解的词句表达明白、清楚。所以应该运用一些平实、简洁的语言传播信息。

（2）传播方式选择不当造成沟通障碍。社会组织应根据公共关系目标、对象、内容等不同，选择适宜的传播方式，达到有效沟通的目的。如某商业企业要教育职工树立良好的工作态度、为顾客提供优质服务，应采用组织传播；如某企业在传播开幕仪式之类的信息，最好选用大众传播方式。

(三) 克服传播障碍的方法和技巧

1. 做好沟通前的准备

社会组织在传播信息前，应明白想要达到什么目的，要传播什么信息，要对哪些公众传递信息，要由谁来传递信息。

2. 充分利用反馈技术

社会组织的公共关系传播是传收双方信息的双向流动，传播效果如何可以通过反馈技术了解。在面对面的信息传播中通过观察接收者的神态、表情、动作等，来判断他的反应。组织与组织之间信息的传播可以通过电话等方式了解传播效果。

3. 营造良好的传播气氛

公共关系传播总是在一定的时空环境下进行的，营造良好的传播环境有利于增强传播效果，消除传播障碍。在组织内部，当管理者想与一员工进行交流时，而这位员工情绪非常低落，那么双方最好找个彼此心情都平静的时间，在一个安静的场所进行交谈。大部分的日本企业采用过此方法，可以使信息交流双方能平静地、不受任何干扰地探讨一些问题。

4. 灵活选择传播媒介

一般情况下，传播者总是视当时哪种途径或媒介比较方便，就使用哪种。事实上，沟通途径和媒介的结合方式很多。沟通媒介是否适合沟通者、沟通内容、沟通环境、沟通对象，直接关系到沟通效果。所以要综合各种情况，灵活选择。

5. 社会环境障碍的克服

由于政治制度、经济背景、意识形态、地理环境的差异，容易形成以下几种沟通障碍：

(1) 文化障碍。由于文化传统、伦理道德的差异，造成思维方式、行为习惯、风俗礼节的沟通障碍。克服的方法是：了解不同国家、民族、地区以及宗教的基本常识，因地制宜，入乡随俗，适应环境，灵活变通。

(2) 语言障碍。语言的复杂性和差异性造成了沟通中的词义不明、语义分歧、措辞不当、隔阂误会等障碍。克服的方法是：加强文化修养，提高掌握和运用语言的能力，使用本国标准语言，掌握常用外国语言。

(3) 角色障碍。年龄、职业、社会地位的不同，会出现观念、行为方面的差异，进而形成沟通障碍。克服的方法是：互相尊重，积极主动，互谅互让，取长补短。

(4) 权威障碍。由于意见领袖或某一权威人物在群体成员中有较大的影响力，会造成群体成员效仿权威人物态度立场的沟通障碍。克服的方法是：转变意见领袖的态度，发掘群体成员的价值观。

6. 传播要素障碍的克服

(1) 传播主体障碍的克服。传播主体，即信息发出者的文化知识结构、社会阅历经验、表达能力、工作态度、个人修养等都是影响沟通过程的制约因素，造成传送过程中的沟通干扰，使沟通符号失真。要克服这些障碍，就必须使沟通者具备相应的知识、经验，态度诚恳，声誉良好，权威性强，注重沟通内容，讲究沟通技巧。

(2) 沟通内容障碍的克服。沟通内容是否符合沟通对象的利益、需要、兴趣、经验等，是形成沟通障碍的重要因素。克服这些障碍的方法是：使沟通对象确信沟通者的期望是他们的利益所在，并且是在他们的经验范围之内，实行起来方便愉快。

（3）沟通对象障碍的克服。沟通对象的年龄、性别、职业、民族、文化程度、思想倾向、兴趣爱好、个人心理与群体心理等，都有程度不同的区别，这就使他们的经验范围、接收习惯、接收心理各不相同。如果选择适合他们的内容，媒介和方法，就能较准确地译码，排除沟通中的干扰障碍。

（4）沟通环境障碍的克服。社会环境、自然环境、场地环境、心理环境等，对沟通效果影响很大。要排除这方面的障碍，就要在沟通时，选择舒适的场地，恰当的时间，使沟通对象处于一种支持沟通者的社会氛围之中，引导他们参加某些活动进而形成一致意见，并得到一种愉快的体验。

（5）沟通媒介障碍的克服。各种不同的媒介有各自的特点。只有选择恰当的媒介，才能取得良好的沟通效果。例如，对一个性格内向又一向表现良好的内部员工，如果只是偶尔犯错，而且影响很小，那么就宜采用人际沟通的方法进行批评教育。如果大张旗鼓、简单粗暴地进行批评，如在整个单位的大会上点名批评，甚至通过内部广播、刊物进行批评，就很可能出现意想不到的不良后果。

传播沟通是一种技术，也是一种艺术。社会组织要正视各种传播障碍，采取一切可能的方法消除这些障碍，为有效的沟通创造条件。公共关系沟通的技巧和方法，在实际使用中不是孤立单一的，通常是综合运用，各显神通，还有很多技巧和方法，需要在实践中进一步总结。

本 章 小 结

（1）公共关系由社会组织、公众、传播3个要素构成，其中公共关系的主体要素是社会组织，客体要素是公众，主体与客体之间的媒介是信息传播。

（2）社会组织是按照一定的目的和系统有计划地组建起来的社会机构。社会组织有其鲜明的特征，是一个有目标、有资源、有行为规范、有组织结构的开放系统。

（3）按社会职能进行分类，组织包括经济、政治、文化、群众、宗教5种类型。

（4）所谓公众，就是具有某种共同利益，与特定的公共关系主体相互联系、相互作用的个人、群体或组织的总和，是公共关系工作对象的总称。

（5）公众具有群体性、整体性、共同性和变化性的特征。

（6）按公众的隶属关系不同，公众可分为内部公众和外部公众。按公众的重要程度不同，公众可分为首要公众和次要公众。按公众对组织的态度不同，公众可分为顺意公众、逆意公众和边缘公众。按公众的稳定程度不同，公众可分为临时公众、周期公众和稳定公众。按组织对公众的态度不同，公众可分为受欢迎的公众，不受欢迎的公众和被追求的公众。按公众发展阶段不同，公众可分为非公众、潜在公众、知晓公众和行动公众。

（7）公众的心理倾向包括兴趣、需要、价值观、自我倾向和决策倾向，还存在首因效应、近因效应、晕轮效应、刻板印象和移情效应等心理定势。

（8）所谓传播，就是传者与受者之间信息的双向交流与共享的过程。

传播由信源、信宿、信息、信道、反馈5个要素构成。信息传播分为自身传播、人际传播、组织传播和大众传播。

综 合 训 练

一、知识点测试

（一）填空题

1. 公共关系工作对象称为（　　　　）。

2. （　　　　）是指社会组织在具体公共关系活动中从全部公众中选取的对象公众。

3. 按照公众的归属划分，公众可分为（　　　　）与（　　　　）。

4. （　　　　）、公众、传播构成公共关系3个基本要素。

5. 传播主要类型有（　　　）传播、（　　　）传播、（　　　）传播和大众传播。

（二）单项选择题

1. 按照（　　　）划分可将公众分为顺意公众、逆意公众、边缘公众。

A. 对组织的重要程度　　　　　　　B. 公众属性

C. 对组织的态度　　　　　　　　　D. 组织的价值取向

2. 按照（　　　）划分，可将公众分为首要公众、次要公众。

A. 公众的稳定程度　　　　　　　　B. 公众对组织的态度

C. 公众对组织的重要程度　　　　　D. 公众的发展阶段

3. 公共关系工作所传播的信息量与刺激度要讲究科学适量，否则公众会产生（　　　　）。

A. 从众心理　　　B. 逆反心理　　　C. 心理定势　　　D. 求变心理

4. 不属于大众传播媒介的是（　　　）。

A. 面对面传播　　B. 报纸　　　　C. 电视　　　　　D. 广播

5. 下列各项属于符号媒介的是（　　　）。

A. 购物袋　　　　B. 打火机　　　C. 影视明星　　　D. 表情

6. 下列属于非语言沟通的是（　　　）。

A. 平面广告　　　B. 信函　　　　C. 房间设计　　　D. 游说

7. 在公共关系中，应当作组织的财富悉心维护和"保养"的公众是（　　　　）。

A. 随意公众　　　B. 逆意公众　　C. 边缘公众　　　D. 顺意公众

8. 既是内部公共关系工作的对象，又是外部公共关系工作的主体是（　　　　）。

A. 顾客公众　　　B. 员工公众　　C. 媒体公众　　　D. 政府公众

9. 公益学校、医院属于（　　　）。

A. 政治组织　　　B. 经济组织　　C. 文化组织　　　D. 宗教组织

10. 针对我国边远农村地区文盲率过高的特点，我国政府应该大力发展的媒介事业是（　　　　）。

A. 广播电视　　　B. 报刊　　　　C. 网络　　　　　D. 书籍

（三）多项选择题

1. 一个学校要正常开展工作完成教学任务和目标就要搞好公众关系，它的公众有（　　）。

A. 教职工、学生　　　　　　　　B. 各级政府管理部门、教育主管部门

C. 新闻媒体　　　　　　　　　　D. 社区居民

2. 一般工业企业的公众有（　　）。

A. 职工、董事会、股东　　　　　B. 顾客、竞争者

C. 工商税务及其他政府部门　　　D. 科研、新闻、名流

3. 马斯洛需要理论内容有（　　）。

A. 生理、安全、社交　　　　　　B. 物质与精神、发展需要

C. 尊重　　　　　　　　　　　　D. 自我实现

4. 作为生产企业产品用户或商业企业商品的消费者，他们的心理需求通常有（　　）。

A. 质量保证、价格公道　　　　　B. 服务完善、服务质量保证

C. 必要消费指导　　　　　　　　D. 安全、舒适购物环境

5. 任何组织都面临发展中社区公众环境因素问题，搞清社区公众心理需求十分重要，他们的心理需求有（　　）。

A. 提供就业机会、给社区公众便利

B. 保护社区环境秩序

C. 活跃社区文化生活、创文明社区

D. 支持社区公益事业、充满社会责任感

二、案例分析

案例1：

35 次紧急电话

一次，一位名叫基泰丝的美国记者，来到日本东京的奥达克余百货公司。她买了一台"索尼"牌唱机，准备作为见面礼，送给住在东京的婆家。售货员彬彬有礼，特地为她挑选了一台未启封的机器。

回到住所，基泰丝开机试用时，却发现该机没有装内件，因而根本无法使用。她不由得火冒三丈，准备第二天一早就去"奥达克余"交涉，并迅速写好了一篇新闻稿，题目是《笑脸背后的真面目》。

第二天一早，基泰丝在动身之前，忽然收到"奥达克余"打来的道歉电话。50分钟以后，一辆汽车赶到她的住处。从车上跳下"奥达克余"的副经理和提着大皮箱的职员。两人一进客厅便俯首鞠躬，表示特来请罪。除了送来一台新的合格的唱机外，又加送蛋糕一盒、毛巾一套和著名唱片一张。接着，副经理又打开记事簿，宣读了一份备忘录。上面记载着公司通宵达旦地纠正这一失误的全部经过。原来，昨天下午4点30分清点商品时，售货员发现错将一个空心货样卖给了顾客。她立即报告公司警卫迅速寻找，但为时已迟。此事非同小可。经理接到报告后，马上召集有关人员商议。当时只有两条线索可循，即顾

充分利用人文地理各种环境优势。因人，即针对企业自身和企业所有者的特性，设计不同的战略和策略。策划家相当于服装设计师而不是裁缝。服装设计师要根据每一个人的体形和气质，扬长避短，再参考社会的时尚和潮流，进行独家创作。如一句英格兰名言："对于一艘盲目航行的船来说，任何方向的风都是逆风。"

 案例链接：

【案例3－7】公共关系策划的因时、因地、因人制宜

有位女孩在跟妈妈学做菜。她发现妈妈在切香肠时，总是将香肠的头尾去掉。她很奇怪，问妈妈为什么。妈妈说："你外婆这样做，我也跟着这样做，不知道为什么，你去问外婆好了。"女孩便拨通了外婆的电话。外婆告诉她："因为从前我们家烤箱的盘子太小，必须将香肠掐头去尾才能放进烤箱。"

经验一成不变就会成为束缚，被束缚的思维是不可能产生创新精神的，所以策划应该因时、因地、因人制宜。

（三）文化底蕴法则

名牌的背后是文化。策划最有神韵之处，往往体现在对每一个地方文化底蕴的把握、发挥、利用和体现上。如昆明世博会推出"万绿之宗，彩云之南"云南新形象；武夷山申报世界自然和文化遗产年，浓缩为"千载儒释道，万古山水茶"。

（四）20℃直觉法则

市场调查80％靠数据，20％靠直觉。尤其是在知识经济时代，市场瞬息万变，靠统计得来的数据很难准确反映处于动态变化中的市场，搞不好就会是刻舟求剑。特别是中国这个市场还不成熟，不像西方市场那样有据可查。市场调查就像烧水一样，可以烧到80℃，最后的20℃得靠直觉、经验来把握。

（五）新"木桶"法则

传统的木桶理论认为补短板是解决问题的关键。新木桶理论则认为，市场经济是一种分工合作、资源整合的经济，如果能把原有的长板做得更长，做到极致，使其成为绝对的优势，并且依此长度，到市场上去寻找短缺的其他长板，通过优势组合，组成一个新木桶，既可解除短板的困扰，又可最大限度地发挥长板的作用，同样可以取得好的效益。

因为就企业或项目而言，有的短板是永远无法弥补的，而要加长其长板却易如反掌，在此态势下，新木桶理论就很有效果了。

 案例链接：

【案例3－8】你的长板在哪？

1972年，新加坡总理李光耀要求新加坡旅游局制订一个旅游发展规划，发展新加坡的旅游事业。新加坡旅游局接到指示后不久，却给李光耀总理打了一份新加坡不能发展旅游业的报告。报告的大意是说：我们新加坡不像埃及有金字塔；不像中国有长城；不像日

本有富士山；不像夏威夷有海浪。我们除了一年有四季直射的阳光，什么名胜古迹都没有，要发展旅游事业，实在是巧妇难为无米之炊。李光耀看过报告，非常生气。他在报告上批示了这样一行字：你想让上帝给我们多少东西？阳光，阳光就够了！后来，新加坡利用那一年四季直射的阳光，种植花草，在很短的时间里，发展成为世界上著名的"花园城市"，连续多年，旅游收入列亚洲第三位。

（六）头啖汤法则

喝头啖汤是善于煲汤的广东饮食文化的特殊讲究，指喝汤要喝老火煲就的、原汁原味的第一道浓汤，才能保证其纯美与营养都先为我所得，其后二道、三道掺了水的汤，不仅味道全无，营养大减，还不免有"残羹剩水"的嫌疑。只有抢占先机，才能获得最大效益，故英雄多敢为天下先。这也可理解为俗语所说的：先下手为强。

（七）鲍鱼法则（众星捧月法则）

所谓鲍鱼法则的灵感，也来自于粤菜。鲍鱼者，主菜也。需要精心打理，精心炮制。只要做好了这一主菜，则其他都属于配菜。待客的级别与好坏，主要就从主菜体现出来。所以，鲍鱼作为主菜，实在是不能不重视的。

策划一个项目，好似做一桌宴席，首先必须要帮助客户精心炮制好这道"鲍鱼"，只要市场买你这个鲍鱼的账，你就大功告成了。一盘散沙的概念堆砌是没用的，必须突出一个主题，也就是上文谈到的鲍鱼。这鲍鱼实际就是月亮，其他的搭配就是星星了。更高的策略境界是，在众多的竞争者中将自己做成鲍鱼，以他人为配菜。由此，众星捧月，不仅逃离同质性竞争的窘境，反获烘云托月之妙。所以鲍鱼法则也可以说是众星捧月法则。

（八）一虾三吃法则

高明的厨师可以把一种菜做出多种味道与吃法。高明的食客更善于把一道菜做多种享受。三吃只是中国数字里习惯的虚指而已。指对同一事物，分解开来，换一种思路和做法，可能会得到额外的收获。策划实践中对于一个特定的项目或项目资源，显然要努力做到价值最大化、利润最大化、成本最小化。这就需要对项目和资源作最佳的安排和利用：一是如何把资源用到最合适的地方上；二是如何把资源作最佳的多层次使用。

（九）拔萝卜法则

拔出萝卜带出泥，这是生活里的常理。在你致力于获取所需目标的时候，会不经意带出许多隐藏的、关联的、具有深层次意义的东西。如何有意识地挖掘这些奥秘，有效利用这些顺带的成果，则显示出不同的境界。

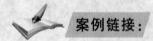

【案例3-9】世纪列车——北京大学百年校庆活动

1998年，北京大学举行百年校庆。给母校怎样的贺礼，这是北大未名生物集团的人早就开始思考的问题。几位北大人原来曾想过更换未名湖旁的旧椅子，为北大幼儿园添置新设施等方案，但后来都觉得没有发一趟校庆专列好。因为北大的百年是与祖国风雨同行的百年，她的每一件大事都与中国的大事件紧密相连，而最能表达这个意境的就是一列列车。这是一列世纪列车，尽管有颠簸，有风雨，但永远是向前的。另外，专列还象征着时代列车。深圳是改革开放的前沿，专列从深圳始发，象征着祖国沿着改革开放之路滚滚向前。开这个专列还有一个切实的考虑：校友们毕业后即奔赴四面八方，从事不同的工作。工作繁忙，使他们很难有机会相聚畅谈，专列运行 32 个小时，校友们可以倾情畅谈交流。基于以上的种种考虑，百年校庆专列的大胆想法形成了。

这个创意得到了铁道部及下属单位的大力支持。深圳到北京有一次列车，但京九线沿途的省会城市少，不方便，所以决定走京广线。可是京广线的始发站是广州。铁路部门作出一个前所未有的决定：专列起始站改到深圳，然后走京广线。他们还专门组织召开了有关铁路部门与北大校庆筹委会参加的联席会议，会上专题研究了北大校庆筹委会提出的有关车内彩旗、横幅等宣传布置问题，车上就餐问题，车上广播娱乐活动，老弱病残服务问题以及车上安全问题，对这些问题双方逐一进行了协商。同时为了保证落实，于当日下午，由广州客运段陪同北大校庆筹委会人员到站实地察看了 16 次列车，为他们做好准备工作提供了条件。

1998 年 4 月 30 日 20：05，专列在盛大的欢送队伍的注视下顺利发车，激昂的情绪始终伴随着大家。"北大往事"演讲最初由一个车厢推举一人参加，后来，则是大家踊跃报名，抢着要说。一名校友为百年校庆做了几首歌，一上车，他就教大家唱，许多车厢开始对歌。由三节硬座车厢组成的"长明教室"，使很多人回忆起学校彻夜开放的教室。大家聊天、唱歌，久久不肯睡去。在长 5 米、宽 1 米的条幅上签名留念，使校友们激动欢喜，这条签名条幅将送到北大史馆收存。列车每到一站，车上的校友就敲锣打鼓下车迎接上来的校友，"欢迎北大专列'新生'"的横幅令每一个准备上车的校友倍感亲切。已经 60 多岁的一位老校友说："'新生'两个字让我想起了刚入学的情景，仿佛自己又是一个无知青年，再次回到北大怀抱。"

四、策划书的结构与撰写步骤

（一）策划书的基本结构

（1）封面。①标题；②密级；③策划的主体（策划者及所在公司或部门）；④日期。

（2）序文。

（3）目录。

（4）宗旨。

（5）内容。

（6）预算。

（7）策划进度表。

（8）有关人员职务分配表。

（9）策划所需的物品及场地。

（10）策划的相关资料。

（二）公共关系策划书的撰写步骤

撰写公共关系策划书的具体步骤如下：

（1）策划书名称。尽可能具体地写出策划名称，如"×年×月××大学××活动策划书"，置于页面中央，当然也可以在写出正标题后将此作为副标题写在下面。

（2）活动背景。这部分内容首先应根据策划书的特点在以下项目中选取内容重点阐述，具体项目有：基本情况简介、主要执行对象、近期状况、组织部门、活动开展原因、社会影响以及相关目的的动机。其次应说明问题的环境特征，主要考虑环境的内在优势、弱点、机会及威胁等因素，对其做好全面的分析（SwOT 分析），对过去现在的情况进行详细的描述，并通过对情况的预测制订计划。如环境不明，则应该通过调查研究等方式进行分析加以补充。

（3）活动目的、意义和目标。活动的目的、意义应用简洁明了的语言表述清楚。在陈述目的要点时，该活动的核心构成或策划的独到之处及将由此产生的意义（经济效益、社会利益、媒体效应等）都应该明确指出。活动目标要具体化，并要满足重要性、可行性、时效性的要求。

（4）资源需要。列出所需人力资源、物力资源，包括使用的场地。

（5）活动开展。作为策划的正文部分，表述要力求详尽，写出每一点能想到的东西，不要有遗漏。在此部分中，不仅仅局限于用文字表述，也可适当加入统计图表等；对策划的各工作项目，应按照时间的先后顺序排列。人员的组织配置、活动对象、相应权责及时间地点也应在这部分加以说明。

这里可以提供一些参考内容：会场布置、接待室、嘉宾座次、赞助方式、合同协议、媒体支持、校园宣传、广告制作、主持、领导讲话、司仪、会场服务、电子背景、灯光、音响、摄像、信息联络、技术支持、秩序维持、衣着、指挥中心、现场气氛调节、接送车辆、活动后清理人员、合影、餐饮招待、后续联络等。

（6）经费预算。活动的各项费用在根据实际情况进行具体、周密的计算后，用清晰明了的形式列出。

（7）活动中应注意的问题。内外环境的变化，不可避免地会给方案的执行带来一些不确定因素，因此，当环境变化时是否有应变措施、将损失的概率是多少、将造成的损失有多大、应急措施等也应在策划中加以说明。

（8）活动负责人及主要参与者。注明组织者、参与者姓名、嘉宾、单位（如果是小组策划应注明小组名称、负责人）。

第三节 公共关系实施

公共关系实施是社会组织为了实现的公共关系目标，充分依据和利用现实的公共关系实施条件，按照公共关系创意策划方案，进行公共关系实施策略、手段、方法的设计并据此进行实际操作与管理的过程。

一、公共关系实施的意义

（1）公共关系的实施是实现组织公共关系目标的关键环节。公共关系调查和公共关系策划是一个了解问题和分析问题的过程，而公共关系实施是解决问题的过程，只有通过有效的公共关系实施才有可能实现组织的公共关系目标。

（2）公共关系策划的实施决定了公共关系目标的实现程度。实践表明：一个好的公共关系策划方案可能因无效的实施而无法达到预期的效果，而一个有着欠缺的公共关系策划方案也会因为有效的实施而得到完善。因此，公共关系策划的实施，不是"照葫芦画瓢"那么简单，而是一项富有创意性的工作。实施效果如何，直接影响到组织公共关系目标的实现程度。

（3）公共关系策划实施的结果为下一个公共关系策划提供了参考的依据。组织的公共关系工作是连续不断的，此次公共关系策划的实施结果，为下次的公共关系策划提供依据。总结成功的经验和教训，都有助于以后的公共关系活动的有效展开。

（4）公共关系策划的实施可以检验策划工作的水平。公共关系策划方案只有通过实施才能发现其问题。如收集资料是否全面、准确；分析是否科学，是否具有针对性；策划的技巧和方法以及策划的创意是否新颖等。

二、公共关系实施的步骤

（一）组织、人员、经费落实

根据公共关系策划书的要求设置实施机构，机构的规模应当与公共关系工作或公共关系专题活动的任务相匹配，机构设置的原则是精简和高效。确定参与实施的人员。人员的选择要根据公共关系任务的要求，结合参与者的专业素质和能力素质进行选拔。公共关系活动经费和必要的物质，在活动开展之前就要安排好，避免在活动中后续资金或物质供应不上，导致活动中断。

（二）培训、分工

公共关系策划者和组织者在活动开展之前，必须对参与实施的所有人员进行培训。让所有的参与者都能够明确此次公共关系工作和活动的目的、任务、要求，了解此次活动对组织的重大意义。对活动中有关技术，也要进行训练，以期能够熟练掌握，这对提高活动的准确性和效率性是十分必要的。公共关系工作或活动往往是一项系统工程，需要组织中各部门、各环节相互协调、相互配合，为避免有相互推诿的现象发生，在公共关系活动开展前就要对组织的各职能部门和工作人员做合理的分工。

（三）做好公共关系实施的动态调整

公共关系策划在实施过程中会出现由于外部环境的变化或内部环境的变化，或由于原策划中的疏漏等，引起原策划方案与现实有不相符合的地方，需要对原策划方案进行调整、修改，以保证在较合理的情况下，顺利完成规定的任务。因此，要做好对实施过程中的监控和动态调整。

三、影响公共关系实施的主要因素

（一）公共关系方案不完善

1. 方案本身存在的问题

虽然在公共关系策划的过程中，方案的制订都是经过反复推敲的，但是，主观的分析与客观事实之间还是会存在差距，因此方案的设计难免会有疏漏，即方案本身客观上会存在缺陷。这往往在设计过程中是很难避免的。

2. 客观环境的变化导致公共关系方案局部或全部出现问题

公共关系方案的策划有一定的时间周期，尤其是大型的公共关系项目策划的时间周期更长，而客观环境的变化却是瞬息万变的。因此，公共关系方案相对环境的变化总是滞后的。正因为公共关系方案本身会或多或少地存在问题，在公共关系策划实施的过程中，一定要对方案进行必要的调整，使方案的实施更加顺畅。

（二）方案实施过程中的沟通障碍

公共关系策划的实施过程事实上是一个传播和沟通的过程。传播和沟通不畅都会影响公共关系的实施效果。包括语言、心理、观念障碍；风俗习惯的障碍；组织障碍；突发事件的障碍。

 案例链接：

【案例 3－10】 连战、宋楚瑜大陆行

2005 年，海峡两岸都在密切关注中国台湾地区国民党主席连战和亲民党主席宋楚瑜应中共中央总书记胡锦涛的邀请访问大陆一事。众所周知，两岸对峙 56 年，在语言表述方式、价值观念、政治取向等诸多方面都存在明显的差距，外界称连战对大陆的访问为"破冰之旅"，这里所说的"冰"就是两岸的"差距"。那么如何"破"呢？就是要缩短两岸的差距，寻求共同点。中国共产党的态度是明确的，就是"坚持一个中国原则，认同九二共识，反对'台独'"，这是两岸之间交流的政治基础，有了这样的政治基础，才能通过对话、协商，达成共识。

连战和宋楚瑜在访问期间有两场重要的演讲格外引人注目，即连战在北京大学的演讲和宋楚瑜在清华大学的演讲。对于这两党来说，是阐明各自党派思想，赢得大陆支持的难得的机会，连战和宋楚瑜都高度重视此次演讲，精心措辞，用语言技巧来淡化 50 多年的隔阂。下面我们主要分析他们在演讲开场白中所使用的沟通技巧。

连战在北京大学的开场白如下："今天我和内人携同中国国民党大陆访问团一起来到北京大学，非常荣幸。在这里首先向各位表示感谢。北京大学的现址刚才我了解到，就是当年燕京的校址，我的母亲在 30 年代在这里念书，所以今天来到这里可以说是倍感亲切。看到斯草、斯木、斯事、斯人，想到我母亲在这儿年轻的岁月，在这个校园接受教育、进修成长，心里面实在是非常亲切。她老人家今年已经 96 岁了，我告诉她我要到这边来，她还是笑眯眯的，很高兴。台湾的媒体说我今天回'母校'，母亲的学校。这是一个非常正确的报道。"短短的一席话，利用亲情很快拉近了与听众之间的距离，并且借用"母校"一词更是与听众融合在一起，这为他在后面阐述政治观点铺平了道路。

宋楚瑜在清华大学的开场白如下："尊敬的顾校长，中共中央台办陈主任，各位老师、各位同学，大家早安，大家好！听到顾校长刚才的一番赞美之词，套句北京人所说的话，听到之后，忒高兴了。昨天天气预报说可能今天有一些雷阵雨，但今天到清华大学看到不仅是风和日丽，而且是拨云见日，这不就是大家所期望两岸雨过天晴、拨云见日？这种期待是大家所共同的。"在这里套句北京方言绝非是调侃，而是他拉近与听众之间距离的一种方式，表示一种亲切感。果然引起会场一阵轻松的笑语和较为热烈的掌声。精心的策划

表现在不经意之中。紧接着从天气，谈到两岸的未来，一个共同期待的未来。这是为了弥合政治分歧，寻求政治共同点，其作用同样为后面的阐述奠定了一个好的基础。

第四节　公共关系效果评估

在公共关系工作程序中，效果评估是最后一个环节，也是一个很重要的环节，它对整个公共关系工作起到承上启下的作用。

一、公共关系效果评估的意义

公共关系效果评估就是根据特定的标准，对公共关系策划、实施及效果进行对照、检查、评价和估计，以判断其优劣的过程。不仅可以考察组织当前公共关系工作状况，而且可以为组织下个阶段的公共关系工作的开展提供参考性的依据。

（1）公共关系效果评估，有利于增强组织内部职工的凝聚力。一般来说，通过对组织公共关系效果评估，并将评估的信息传递给内部职工，使组织的成员了解组织开展公共关系活动目标，了解到组织所拥有的良好的社会声誉及在社会中的地位，这无疑使职工获得鼓舞，增强他们的自信心和荣誉感，并转化为向组织的总目标努力。

（2）公共关系效果评估，可以使公共关系工作不断得到完善。公共关系效果评估工作，可以检查和发现公共关系工作中存在的不足。对于比较成功的公共关系活动，要在肯定成绩的基础上去发现存在的问题，并分析问题产生的原因和解决的对策，对后续的公共关系工作起到借鉴的作用，使后续的公共关系工作少走弯路，效率更高，更完善。对不成功的公共关系活动，更应当去积极地评估和反思，找到失败的根源，吸取经验教训，对后续的公共关系工作意义就更重大。避免失败，规避风险这是开展任何工作应该首先想到的。充分总结过去的失败教训，可以在一定程度上帮助我们避免失败和规避风险。

（3）公共关系效果评估，为组织决策层的其他决策提供依据。组织的其他决策，无不与组织的公共关系状态有关。以企业为例，如企业的营销组合战略的确定，就要充分考虑企业当前的知名度和美誉度状况；企业内部各项规章制度的制定，也要根据企业当前内部公共关系的状态。因此，企业公共关系效果评估的信息对企业各项管理工作都是十分重要的。

二、公共关系效果评估的标准

公共关系效果评估是一种总结性的评估，是对公共关系活动成效的一次全面结论式的评估，建立正确的评估体系，是确保评估客观性和有效性的基础。而公共关系效果评估标准的制定，又因组织评估的角度不同而不同。

（一）主观标准

主观标准就是根据公共关系活动中制定的目标来衡量公共关系实际效果。公共关系目标的制定是经过深入的公共关系调查，经过反反复复的推敲、筛选后形成的，它是公共关系活动出发点和归宿点。比如，北京申办 2000 年奥运会主办权未获得通过，从实现活动预期目标来说这次活动是不成功的。

用既定的活动目标作为公共关系效果的评价标准，具有直接性，目标制定得越具体，评估越容易操作。但是，用目标作为评估依据，有时有一定的局限性。有的大型的公共关系工作或专项目的公共关系活动时间周期较长，因而，原定的公共关系目标随时间的推移会存在不适应或欠缺。因此，应尽可能用修订后的目标作为评估依据或采用客观标准。

（二）客观标准

客观标准就是以公共关系实践活动的社会效果为标准。用这一标准既可以判明组织公共关系活动计划中制定的目标是否符合实际，又可以判明组织的公共关系活动是否对社会公众产生积极的影响，以及影响的程度如何。这是一种全面的公共关系效果评估。

以公共关系实践活动的社会效果为标准，不是一个抽象的标准，而是一个具体的、具有丰富内在规定性的标准。

1. 是否有利于组织的发展

是否有利于组织的发展是考虑上述问题的出发点和检验一切工作的根本标准。组织所以投入一定的人力、物力开展公共关系活动，都有追求的价值目标，那就是通过公共关系活动塑造组织形象，实现其组织的发展。在北京申办 2000 年奥运会失利之后，北京全面评估了整个申办活动，他们既分析了失利的原因，也对整个活动所产生的积极影响作了评估，如通过申办活动，使世界各国对中国有了一定的认识，使申奥达到了"让世界了解中国"的目的。不仅如此，申奥活动还大大地激发了全国人民的爱国热忱，北京更是获得了发展城市的经验，进一步增添了全国人民申奥的信心。因此，从客观效果上看，首次申办虽然失利，但此次活动对北京的发展乃至对全国的发展都是有积极意义的。事实也证明：北京成功取得 2008 年奥运会主办权，与 2000 年申办失利是分不开的。从这个意义上说，2000 年的申办虽然失利了，但仍有一定的积极意义。

2. 是否有利于营造组织发展的良好的内外环境

是否有利于营造组织发展的良好的内外环境是组织公共关系评估的最直接客观标准。因为组织的公共关系的一个重要任务是通过有效的公共关系活动，能够和谐自身生存和发展的环境。北京历时 8 年申奥，终于获得成功，其意义远远不止承担一项体育赛事那样简单。8 年申奥史，是全国人民凝聚力、民族认同感不断得到增强的历史；也是宣传北京、宣传中国的历史；也是世界了解北京、了解中国的历史；也是世界认同北京、认同中国的历史。这为中国的发展提供了很好的发展环境。

三、公共关系效果评估的方法

公共关系评估方法因评估的内容不同而不同。以下方法可供参考。

（一）公共关系工作总结法

公共关系工作总结法是实际工作中最常用的方法。通过总结，检查和了解公共关系目标的实现程度，各部门的配合协调情况。取得哪些成就，存在哪些差距。

（二）公众意见测验法

公众意见测验法是用以测定公众意见或态度变化的检测方法。是在公共关系活动结束之后，通过对活动目标公众作抽样调查，衡量他们对组织的认知或态度的变化来分析公共关系活动效果。

（三）新闻媒介测定法

新闻媒介测定法是通过对新闻媒介的调查，了解新闻媒介对组织公共关系活动报道的深度和广度以及报道频率来测定组织公共关系活动的影响力和效果的检测方法。

 案例链接：

【案例 3－11】宝洁公司舒肤佳"共筑新世纪 健康长城"公共关系推广活动

宝洁公司舒肤佳"共筑新世纪健康长城"公共关系推广活动有效地传播了关键信息，加强了舒肤佳的品牌形象，达到了公共关系活动的目的。截至 2001 年 8 月，在全国范围内共收到相关报道 197 篇。其中，2000 年 10 月 32 篇，11 月 34 篇，12 月 17 篇；2001 年 4 月 51 篇，5 月 28 篇，6 月 19 篇，7 月 8 篇，8 月 8 篇。从活动启动的 2000 年 10 月一直到活动结束 2001 年 8 月，舒肤佳品牌保持了较高的媒体曝光率，达到了活动的预期目标。

在所有关于舒肤佳品牌 3 次活动的报道中，对于活动主题"共筑新世纪健康长城"的提及率达到 74%。关键信息传达比较完整连贯。另外，在对"儿童手部清洁卫生与肠道寄生虫感染关系"科学研究结果的报道中，75% 的新闻媒体传达了经常使用舒肤佳香皂洗手、注意手部清洁卫生的儿童将大大降低蛔虫发病率这一关键信息。

新闻媒体关于两次舒肤佳新闻发布会的报道结果是令人满意的。其中，《生活时报》、《中国保健杂志》、《燕赵都市报》都用大版面介绍了舒肤佳产品和"共筑新世纪健康长城"活动；中国一类媒体《人民日报》、《光明日报》、《中国日报》和《中国青年报》也都刊载了活动相关内容。中央电视台、广州有线电视台、浙江有线电视台、湖北有线电视台和成都有线电视台等分别在黄金时段播放了相关新闻。中央人民广播电台和北京经济广播电台分别就舒肤佳的活动做了长达 10 分钟和半个小时的节目。舒肤佳后期活动主要选择了在10 个城市比较有影响的当地媒体，也取得了较好的传播效果。

（四）指标分析法

指标分析法是通过对几个常用的公共关系评估指标的调查和分析，来考察公共关系活动效果的检测方法。公共关系评估指标分别为：

（1）知名度的变化率＝（活动后组织的知名度－活动前组织的知名度）÷活动前组织的知名度×100%。其中：知名度＝知晓组织的人数÷被调查者总人数×100%。

（2）美誉度的变化率＝（活动后组织的美誉度－活动前组织的美誉度）÷活动前组织的美誉度×100%。其中：美誉度＝赞誉组织的人数÷被调查者知晓组织的人数×100%。

（3）信任度的变化率＝（活动后组织的信任度－活动前组织的信任度）÷活动前组织的信任度×100%。其中：信任度＝信任组织的人数÷被调查者知晓组织的人数×100%。

（4）注意度（率）＝被调查中看过组织信息的人数÷被调查者总人数×100%。

（5）熟知率＝被调查中知晓信息 50% 以上的人数÷被调查者总人数×100%。

本章小结

（1）公共关系程序由公共关系调查、公共关系策划、公共关系实施和公共关系评估组成。

（2）公共关系调查内容主要包括社会组织基本情况、组织公众调查和社会环境调查。

（3）公共关系调查要选择好调查方式和调查方法。

（4）公共关系策划是个创新的过程，运用现代科学的构思方法寻找既经济又有效果的方案。

（5）公共关系实施就是社会组织为了实现既定的公共关系目标，充分运用现实的公共关系实施条件，按照公共关系创意策划方案，进行公共关系实际操作与管理的过程。

（6）公共关系评估就是采用科学的标准和方法，对公共关系的整体策划、实施过程和实施效果进行调查研究和分析评价。

综 合 训 练

一、知识点测试

（一）填空题

1. 公共关系的一般工作程序为（　　　　）、（　　　　）、（　　　　）、（　　　　）。

2. 公共关系调查内容主要包括（　　　　）、（　　　　）和（　　　　）。

3. 公共关系策划的原则是（　　　　）、（　　　　）、（　　　　）、（　　　　）和（　　　　）。

4. 公共关系效果评估的方法（　　　　）、（　　　　）、（　　　　）和（　　　　）。

（二）单项选择题

1. 知名度是（　　　　）。

A. 社会评价组织好坏程度的指标　　　B. 表示社会公众对组织依赖的程度

C. 评价组织名气大小的客观尺度　　　D. 公众对社会组织的知晓程度

2. （　　　　）是社会公众对一个组织机构的全部看法和评价。

A. 组织形象　　　B. 组织信誉　　　C. 公众态度　　　D. 企业美誉

3. 根据特定标准对公共关系策划实施及效果进行对照、衡量评价和估计以检验其效益是（　　　　）。

A. 公共关系策划　B. 公共关系实施　C. 公共关系评估　　　D. 公共关系调查

4. 保证公共关系实施不偏离公共关系策划目标原则是（　　　　）。

A. 策划导向　　　B. 反馈调整　　　C. 整体协调　　　D. 全局指导

5. 公共关系策划活动不仅需要技巧，更需要智慧创新（　　　　）。

A. 整体性　　　B. 谋略性　　　C. 目标性　　　D. 可行性

（三）多项选择题

1. 公共关系四步工作法是（　　　　）。

A. 公共关系调查　　　　　　　　B. 公共关系策划

C. 公共关系效果评估　　　　　　D. 公共关系实施

2. 公共关系策划的内容是（　　　　）。

A. 分析公众　　　B. 设立目标　　　C. 明确主题

D. 选择媒介　　　E. 确定活动时机。

3. 公共关系实施步骤是（　　　　）。

A. 准备　　　　　　　　　　　　B. 组织、人员、经费落实

C. 培训、分工　　　　　　　　　D. 动态调整

4. 公共关系评估方法有（　　　　）。

A. 指标测定法　　　　　　　　　B. 总结法

C. 公众意见测验法　　　　　　　D. 新闻媒介测定法

二、案例分析

案例 1：

上海申办 2010 年世界博览会

一、公共关系调查

2002 年，中国国内生产总值达到了 10.2 万亿元，中国有能力、有条件申办世界博览会已是无可争议的事实。拥有 1300 多万户籍人口的上海是中国最大的经济中心城市，2002 年人均国内生产总值超过 4900 美元，综合经济实力达到中等收入国家水平。经过 20 多年不懈努力，上海的市政基础设施建设、旧区改造、产业结构调整都取得了重大进展，城市综合素质大大提高。特别是经过 99 财富全球论坛、2001 年亚太经合组织会议的洗礼，上海举办大型国际活动的能力得到进一步增强。由上海举办世博会，必将成为推动上海和华东地区经济和社会发展的重要杠杆，中国的综合国力和国际地位将因此跃上一个新台阶。如果中国申博成功，对长江三角洲影响巨大。上海周边城市将迎来一个扩大对外开放，活跃人流、物流、信息流，带动相关产业发展的历史性机遇。世博会从申办到举办，整个过程长达 10 年，上海市初步估计要投资 30 亿美元，用于世博会园区建设。1 美元的会展投资，将拉动 5～10 美元的城市相关产业投资，这对江浙两省无疑是一个极好的机遇。目前，上海进行的上万个建筑工程中，有无数的江苏、浙江人在竭诚奉献。2010 年上海世博会，预计有 7000 万参观者，其中 30%～35% 将继续在华东地区游览。这意味着上海周边 100 公里以苏州、周庄为代表的江南水乡，150～200 公里的无锡、杭州，300 公里内的南京、扬州、镇江，以至中国最为富庶的整个华东 6 省 1 市，都将被上海世博会直接带动。

对于民众支持度的调查，申博办委托上海城市经济调查队对全国 50 个城市的民意调查显示：89.4% 的人认为中国有必要申办 2010 年世博会，94.4% 的人拥护中国申办 2010 年世博会，92.6% 的人认为中国有能力申办 2010 年世博会，78.6% 的人相信中国申办 2010 年世博会会成功。网上调查也证明，92.3% 的人支持上海举办 2010 年世博会。

二、公共关系策划

(一) 公共关系目标

塑造国际大都市形象,最终夺取 2010 世博会主办权。

(二) 公共关系策略

突出优势、体现个性、展示魅力。优势如下:

第一,参观人数多。预计超过 7000 万人次的参观者将创世博会历史纪录。

第二,"城市,让生活更美好"的主题能得到各国广泛关注。

第三,选址符合世博会的宗旨,世博会场址选在黄浦江滨水区,规划控制面积 540 公顷,世博园区面积规划 400 公顷,通过场馆建设,促使旧城改造;并在举办后,使该地区今后成为经济、科技和文化的交流中心。

第四,上海的经济实力完全有条件举办世博会。

第五,社会稳定,秩序良好。调查结果显示,上海世博会的民众支持率在 90% 以上。

围绕这五大优势系列公共关系一一展开,让世界认同"上海是最好的选择"。

三、公共关系实施

(一) 前期宣传

(1) 2001 年 9 月前以发放宣传册展开了大规模全方位的宣传。

(2) 世博会知识网络电视竞赛。

(3) 举行申办 2010 年上海世博会新闻通气会。

(4) 世博主题文艺演出。

(5) "万人支持申博网上签名"活动。

(6) 上海市民骑车申博万里行;2010 名上海市民代表宣誓;长江三角洲申博之旅。

(7) 征求申办徽标、口号、招贴画。通过宣传征集徽标 165 个,海报 470 幅;口号 6140 条。最终决定入围海报 10 幅,入围口号 10 条,入选口号"中国如有一份幸运、世界将添一片异彩"。

(8) 进入社区的"世博会向我们走来——世博知识巡回展"。

(9) 外交游说。派遣 37 个组团出国访问了 87 个国际展览局成员国(简称 BIE 成员国),其中包括 9 个非建交国家;国外媒体宣传。世界各大主流媒体都对上海申博表示热切关注,分别以专题、专刊专版的形式给予追踪报道。英国《泰晤士报》、天空电视新闻频道以及星空传媒新闻频道,对上海市常务副市长的陈良宇进行了联合采访,表示了对上海申办世博会的支持。

(10) 成立支持中国申博"企业后援团"。

(二) 活动主体

(1) 2001 年 6 月 6 日,国际展览局第 129 次成员国代表会议在巴黎举行。时任上海市常务副市长陈良宇在会上进行了中国申博首次陈述,确定申博主题以及选址。启用申博市民代表袁鸣做诚恳的介绍,现身说法谈上海发展为人类提供实现价值的环境,以情动人,形式创新生动。

(2) 2001 年 11 月 30 日,国际展览局举行第 130 次成员国代表大会,时任上海市市长徐匡迪作了申办陈述。瑞士罗氏制药有限公司总经理以一名外资商人角度谈自身在上海的投资回报，证实了中国政府的承诺是绝对可以信任的。

（3）2002 年 3 月 10～16 日，中国作为申办国之一，第一个接受了国际展览局代表团的考察，通过一系列的陈述报告、实地考察，与各界人士交流沟通，国际展览局充分了解到上海的优势、能力、举办条件和各项准备工作。

（4）2002 年 7 月 2 日，国际展览局举行第 131 次成员国代表大会，时任国务委员吴仪、外交部长唐家璇、上海市市长陈良宇、中国贸促会会长俞晓松等作了申博陈述。唐家璇部长代表中国政府承诺我国将投入 1 亿美金支援发展中国家和地区前来参展。对参展国建立永久性展馆，中国政府还将给予建馆资金 25% 的补贴。此外设立用于大会各项评奖的奖励基金。启用复旦大学学生以法语谈上海青年人对世博的期盼。

（5）2002 年 12 月 3 日，国际展览局举行第 132 次大会，时任国务院副总理李岚清、国务委员吴仪、上海市市长陈良宇进行最后一次陈述，再次肯定了中国政府对于承办 2010 年世博会的信心与态度。会上以一部充满上海市民热切期盼的实地拍摄申博记录片充分展示了上海的无限魅力。

（6）当日国际展览局成员国对 2010 年世博会主办国进行投票表决，中国获得 2010 年世博会的主办权。

四、公共关系评估

申博过程中政府的国际公共关系为上海赢得了加分。首先，在国际展览局成员国会议上的 4 次陈述形式有重大突破，给成员国代表以耳目一新的感受。其次，1 亿美金援助基金的提出是史无前例的，充分表示了中国政府的诚意以及表达了上海努力办好国际性世博会的意愿。第三，公共关系活动抓住上海的五大优势展开，扬长避短，展示了上海开放、包容的鲜明个性，最终吸引了世界的目光。上海申博成功。

分析：此次策划成功之处？

案例 2：

广州大厦旅游饭店业形象塑造

一、项目背景

广州大厦的前身是广州市人民政府的接待基地——榕园大厦。为了适应改革中的广州市政府对接待基地的需求，广州市政府办公厅于 1993 年在榕园大厦的基础上按四星级标准建成了现在的广州大厦，并于 1997 年 9 月 28 日开业。

广州大厦起步之初聘请酒店管理公司管理，管理公司将大厦定位为商务酒店，拟仿照商务酒店的经营管理模式立足市场。由于市场定位的不准确和经济大气候的影响，大厦的经营一直难以打开局面；1997 年 9 月 28 日至 1998 年 9 月 30 日，经营利润只有 4.3 万元。广州大厦的经营陷入了困境，管理公司只好提前撤离，由广州市政府办公厅组建了以邝云弘女士为领导核心的新班子，接手大厦的管理。新领导班子决定通过重新确立酒店定位，树立品牌形象来争取社会和顾客的支持。

二、项目调查

广州大厦新班子在做了大量的市场调查的基础上，对自身的基本情况作了全面的分天然水、纯净水比较实验。这一举措引发了中国水市场的一场大战，也因此引发了以娃哈哈为代表的诸多纯净水厂家之间的系列矛盾。媒体对此争相报道，并给纠纷双方提供辩论的舞台。全国同仁更是密切关注，并积极参与讨论。这一场战役打得有声有色，深入人心。农夫山泉的名字几乎家喻户晓。

农夫山泉的行为很典型地属于进攻行为。当时农夫山泉、娃哈哈、乐百氏三大品牌本来一直在市场上的占有率相差无几，但在后两者都与法国达能合资之后，农夫山泉自然感到了压力和威胁，于是情急之下主动出击，先发制人。

 案例链接：

【案例4-7】一枚纽扣

1991年，湖北美尔雅公司总经理罗日炎先生收到一封来自美国纽约的投诉信，信中指责美尔雅西服质量差。总经理立即吩咐公司销售部给这位美国消费者回信，表示要调查原因，并且赔礼道歉。信发出1个多月，不见回音。总经理决心把问题搞清楚，他带一名推销员直飞纽约，几经周折，找到了这位消费者。当那位消费者得知美尔雅公司总经理特意来调查情况、赔偿经济损失时，感到十分感动，也显得有点尴尬地说："你们太认真了。"原来这位消费者花了400美元买了一套美尔雅高级西服，买回家后发现少了1枚纽扣，于是一气之下写了这封投诉信。这位美国消费者深为美尔雅公司的认真态度感动，他当即以"读者来信"的形式给纽约《消费者时报》投稿，盛赞中国美尔雅公司讲究信誉的行为。来信刊登后，纽约的其他报刊也竞相转载，美尔雅一下轰动了纽约城。随后，仅在1个月的时间里，美尔雅就收到了5张来自纽约的订货单。

九、防御型公共关系

防御型公共关系是组织为针对或防御经营和管理上可能出现的"失调"或"危机"而采取的一种公共关系模式。其出发点是抓住潜在公众形成的时机，及时寻找对策，把问题消灭在萌芽状况，并借此作为宣传组织形象的契机。

 案例链接：

【案例4-8】美国安利公司面对"9·11"

2001年9月11日，美国受到恐怖袭击。"由美国商会主席史蒂夫·温安洛任董事会主席、全球最大的直销公司——美国安利公司在广州的公司运转正常，公司两周前签订的在广州经济开发区增加投资2500万美元的协议也绝对不会更改。"还没等社会各界人士询问"9·11"恐怖事件会不会影响安利公司在中国的政策，安利（中国）公共关系部已先行一步，通过媒体向社会发表了以上声明，有效地防御了可能引起的危机。

十、矫正型公共关系

这是一种在组织形象发生严重损害时，所采取的一系列有效措施，协同组织的其他部门，挽回组织声誉的公共关系模式。矫正型公共关系的主要功能是纠正或消除损害组织形象的因素，恢复公众对组织的信任。矫正型公共关系一般有两种情况：一是由于外在的某种误解、谣言甚至人为的破坏，损害了组织的形象；二是由于组织内在不完善而导致外部公共关系的严重失调。

开展矫正型公共关系活动最关键的是要反应迅速，处事冷静，以对公众负责的态度处理危机，这样才能把危机造成的负面影响减到最低，甚至可能使自身的形象得以提升。

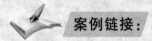案例链接：

【案例4-9】百事可乐的"针头丑闻"事件

1993年6月10日，西雅图一家电视台报道当地一对夫妇在一个百事可乐罐中发现了一个注射器针头。很快，第二起投诉又出现在西雅图。这种情况促使FDA（美国食品和药物管理局）发布了一个地区性的声明，提醒消费者在饮用百事可乐前将其倒入玻璃杯。这条警告引起了全国媒介的注意，24小时内，在全国各地发现百事可乐罐中有针头的消息见于各种媒体。由此引发的公众的紧张，例行的调查，社会对针头已被感染的可能性的恐惧，以及危机对7月4日达到假日最大销售额预期目标的负面影响，都使百事可乐公司面临前所未有的挑战，其商标及声誉受到严重威胁。由于并未在生产线上找到这一系列奇怪事件的起因，FDA宣布不回收产品。然而媒介方面不习惯厂方在如此规模的产品污染事件发生后持此种态度，开始持续报道"受害者"的申诉并坚持向公司寻求答复。

危机发生后，百事可乐公司危机小组迅速展开工作。首先与FDA紧密合作调查事件的真正原因。西雅图的瓶装供应商允许当地记者到工厂参观高科技的瓶装线，并举办新闻发布会向公众保证将找到答案。百事公司的首席执行官在主要的广播新闻节目宣布公司"99.9%确信"这些针头不可能出现在工厂中。随后，危机小组发布了大量信息、录像新闻、新闻发布会、消费者谈话节目、厂商建议、员工公告、商业信函、照片、图片和采访等，来帮助百事公司和FDA迅速结束丑闻。最后调查表明是一些居心不良的人制造的，旨在向百事公司索取赔偿。7天之后，针头风波平息了。尽管危机使百事公司的销售额下跌，损失了2500万美元，但到夏季就开始复原并在季末取得了5年以来最高销售额，比上年同期增长了7%。危机后做的调查显示，消费者对百事公司是信任的。美国众议院在国会记录中也赞扬了百事在遏制这起全国性丑闻时采取的迅速、有效的措施。

以上分别对不同的公共关系活动模式进行了分析说明，意在让我们了解公共关系模式的多样性。其实，真正运用时，往往是几种公共关系模式同时采用，而不能机械地去理解。

第二节　危　机　管　理

一、公共关系危机的涵义和特点

（一）公共关系危机的涵义

公共关系危机是指在公共关系活动中，由组织内外的某种非常性因素所引发的非常性或失常性事态，专指灾难或危机中的公共关系。按照《辞海》（上海辞书出版社，1979年版）的解释，"危机"一词有三个释义：一是指潜伏的祸机，如危机四伏；二是指生死成败的紧要关头，如战争危机、信任危机等；三是专指经济危机。对社会组织而言，危机是指由于其自身或公众的某种行为，导致组织环境恶化，危及社会组织正常生存和发展的突发性恶性事件。

（二）公共关系危机的特点

一般来说，公共关系危机具有以下一些共同的特点。

1. 突发性

公共关系危机事件是一种突发性事件。它们大多是在人们毫无察觉或准备的情况下偶然发生的，让人们既感到意外、吃惊，又感到恐惧、害怕，并给组织带来一定程度的混乱。如2009年11月24日，海口市工商局发布商品消费警示，称农夫山泉、统一等品牌9种饮料、食品总砷或二氧化硫超标，不能食用。两大知名饮料企业陷于危机之中，事件引发媒体报道与消费者关注，"砒霜门"事件由此触发。又如，2003年春夏之季的"非典"（SARS）爆发与传染，2011年3月11日的日本大地震和地震引发的海啸，都具有突发性这一鲜明特点。

2. 难以预测性

难以预测性又称为潜伏性，指公共关系危机中包含许多未知因素。它们往往潜伏在正常情况下难以预料，特别是那些由于组织之外原因造成的危机，不但始料不及，而且难以抗拒，因而，它具有难以预测的特点。就如同一个个体，不可能知晓有哪些灾祸在什么时候会突然降临到自己的身上。同样，再科学严密的社会组织也不可能清楚可能会发生的"灾祸"及其发生的准确时间。比如，作为地产界知名企业，SOHO中国一直以来具有不错的品牌美誉度，但在2009年底却陷于一系列的诚信危机之中。先是11月份，经有关媒体报道称，SOHO中国旗下建外SOHO项目，因拖欠电、水等多项费用，出现停暖、停热水后果；接下来新年伊始，新楼盘嘉盛中心刚开盘就遇尴尬，自称被骗的20余名业主，打着横幅到售楼处，劝人不要买潘石屹的房子；之后，甚至出现了业主高喊"潘石屹，大骗子"以及堵门示威的行为。11月20日，面对"停电门风波"，在有关部门的支持下，作为危机公共关系高手，SOHO中国老板潘石屹牵头建立了应对危机的缴费平台，并通过博客、媒体等多种手段，呼吁政府及早介入此事，却被指进行事件炒作，有意另组物业公司接下旗下地产项目的物业管理。再比如，1984年，美国联合碳化合物公司设在印度博帕尔邦的化工厂发生严重氯气泄漏事故，以及同年苏联切尔诺贝利核电站发生的核泄漏事故。虽然从事后的对这些事故的分析中可以看出，事故的发生存在着一定的必然性，但事故什么时候发生，严重到什么程度，人们在事前也是无法预料的。

3. 危害的严重性

危机，不仅会扰乱组织的正常经营秩序，使组织陷入混乱，而且还会对组织未来的经营和发展带来较大的影响。从社会角度看，组织危机会给社会公众带来惊慌，有时还会给社会带来直接的物质损失，或造成不可逆转的破坏。例如，1984年美国联合碳化合物公司印度博帕尔邦化工厂的氯气泄漏事件，造成3000人死亡，4万人受伤，20万人从污染地区迁移，其经济损失之大、社会影响之烈都是惊人的；2010年2月22日，欧洲最大的航空公司——德国汉莎航空机师工会组织约 4000 名工人开始为期 4 天的大罢工，要求雇主加薪及改善福利。受罢工影响，汉莎被迫取消了大约 600 趟航班。汉莎航空公司方面称，罢工将"沉重打击"公司国际航班运营，预计将取消大约 800 个航班，其中多数为国际长途。预计这次 9 年来最严重的罢工将使公司损失 6500 万欧元。

4. 舆论的关注性

在传媒十分发达的今天，任何一个组织的危机事件常常成为社会舆论关注的焦点和热点，而新闻传播媒介的影响力是巨大的，一旦造成影响是很难挽回的。正如国外危机管理专家所指出的，每一起意外事件不尽相同，相关机构应变的态度也颇见差异。但有一件事是无疑的：当悲剧发生的时候，群众和媒体的注意力一定集中在出事的公司。如 2009 年 11 月中旬，中央电视台《焦点访谈》栏目对"手机色情"话题两次关注报道，深藏于手机网络背后的"黄毒"利益链条被挖出，作为这一链条中的渠道支持方，中国移动受到了媒体、用户以及各方的指责。有时，危机事件不仅引起国内各界公众的关注，而且还会引起世界各国的关切和注意。如美国联合碳化物公司印度博帕尔邦化工厂氯气泄漏事故、苏联切尔诺贝利核电站的核泄漏事故、2003 年我国的 SARS 公共卫生事件以及 2005 年 11 月由中石化吉林石化分公司双苯厂装置爆炸导致的松花江水严重污染事件，都在非常短的时间内成为国内外大小媒体广泛报道的焦点。

5. 发生的普遍性

危机的发生带有普遍性，大到一个国家，小到一个企业，都可能遭遇到灾难和不幸事件。世界上许多跨国公司，诸如雀巢、可口可乐、百事可乐、强生、三星以及快餐业巨头麦当劳等，在其发展的过程中都遇到过性质不同、表现形式各异的危机。国家发展和改革委员会（简称发改委）2011 年 1 月 26 日公布，经查实，家乐福、沃尔玛在一些城市的部分超市存在"虚构原价"、"低价招徕顾客高价结算"等多种价格欺诈行为，严重侵害了消费者权益。目前，发改委已责成相关地方价格主管部门处理，没收违法所得，并处违法所得 5 倍罚款；没有违法所得的或无法计算违法所得的，最高处以 50 万元罚款。1985 年，美国莱克西肯传播公司对美国主要企业领导人的一项调查表明，89% 的领导人认为"企业发生危机如同死亡和税收一样，是不可避免的"。

6. 处理的复杂性

公共关系危机具有比较显著的复杂性。这种复杂性，不仅表现在它的构成因素与关系复杂，对其进行分析与预测十分困难，而且危机一旦发生，无论是对其进行处理与控制，还是协调与其有关的方方面面，都非常复杂，涉及的人往往比平时多很多，需要投入的钱财和物资量更大。通常，如果一个企业发生灾难事故，又造成人员伤亡，其涉及的单位、部门从十多个到几十个不等。2009 年 2 月 12 日，被拘押的昆明市晋宁县李某在看守所死亡。就其死因，警方称因与狱友玩"躲猫猫"游戏不小心撞墙而致。这一难经推敲的死因回应引来了媒体及广大网友的强烈质疑，舆论认为当地政府没有承担事件责任，给出的回应缺乏可信度。如何以有效方式揭开事件真相，给广大公众一个满意的答复，是摆在有关政府领导面前的最大难题。2 月 19 日，云南省委宣传部介入此事，借助网络手段，征集网民和社会各界人士代表作为调查委员会成员参与事件调查，得到了网友的称赞，社会各界报名异常踊跃。2 月 20 日，当地公安部门依然擅自发布通报，称李某系游戏意外受伤致死,媒体与广大网友开始质疑报告,舆论压力再次形成。2月27日,云南省检察、公安两部门联合召开新闻发布会,公布了事件调查结论,认定李某系因同监室在押人员殴打、拳击头部后撞击墙面,导致受伤死亡,还原了事实真相。公众普遍接受检察机关调查结论,有关责任人也被追究了事件责任,至此事件结束。

二、公共关系危机的主要类型

准确认识和判断公共关系危机的类型,是成功进行公共关系危机处理必不可少的重要前提。

(一)按公共关系危机存在的状态分类

按公共关系危机存在的状态分为一般性危机和重大危机。

1. 一般性危机

一般性危机主要指常见的公共关系纠纷。对一个社会组织来说,常见有内部关系纠纷、消费者关系纠纷、同业关系纠纷、政府关系纠纷、社区关系纠纷等。从某种意义上说,公共关系纠纷还算不上真正的危机,它只是公共关系危机的一种信号、暗示或征兆。但它带给组织的危害却是不可忽视的:轻则降低企业的声誉,影响产品销售,造成形象损失;重则可能危及企业的生存和发展。所以要及时处理,做好工作,不要向公共关系危机转化和发展,以至造成危机局面。

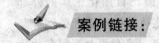 案例链接:

【案例4-10】燕子道歉

日本奈良有一个世界一流的旅馆,每年春夏两季游人如织,但每年4月以后,燕子便争相飞到旅馆檐下,筑窝栖息,繁衍后代。

招人喜爱的燕子都有随便排泄的不懂事之处,刚出壳的雏燕更是把粪便溅在明净的玻璃窗上或雅洁的走廊上,尽管服务员不停地擦洗,但燕子的我行我素使旅馆总会留下污渍。于是,客人不高兴了。纷纷找服务员投诉,影响效益的危机出现了,有关人士大伤脑筋。但不久,这种现象就渐渐消失了。原因是客人们看到了一封"燕子"写的信。

女士们、先生们:

我们是刚从南方赶来这儿过春天的小燕子,没有征得主人的同意,就在这儿安了家,还要生儿育女。我们的小宝贝年幼无知很不懂事,我们的习惯也不好,常常弄脏你们的玻璃窗和走廊,致使你们不愉快。我们很过意不去请你们多多原谅。

你们的朋友:小燕子

寻找欢乐的游客见到小燕子的信,都给逗乐了,肚里的怨气也在大笑中悄然散去。

2. 重大危机

重大危机主要是指企业的重大工伤事故、重大生产失误、火灾造成的严重损失、突发性的商业危机、大的劳资纠纷等。

(二)按危机与企业的关系程度及归咎对象分类

按危机与企业的关系程度及归咎对象分,有内部公共关系危机和外部公共关系危机。

1. 内部公共关系危机

内部公共关系危机即发生在企业内部，责任主要由企业内部人员承担的公共关系危机。主要影响本企业的利益。责任的归咎对象是本企业的部分人，因而相对来说容易处理。

  案例链接：

【案例4-11】中国移动山东公司垃圾短信危机事件

2009年中央电视台"3·15"晚会曝光部分中国移动山东公司滥发垃圾短信并泄露用户个人信息。这个消息既在意料之中又非常出人意料。

垃圾短信问题扰民已久。2008年的中央电视台"3·15"晚会就曝光并谴责了分众无线的违规行为，垃圾短信问题受到社会各界的高度关注，2008年嚷嚷要处理一批SP、堵住垃圾短信之源的中国移动，竟然就是垃圾短信泛滥最大助推者与纵容者，贼喊捉贼的笑话终于有了最生动的现实版。

2. 外部公共关系危机

外部公共关系危机是指发生在企业外部，影响多数公众利益的一种公共关系危机，本企业只是受害者之一。1992年3月的"霞飞"危机，就属于上海霞飞日用化工厂的外部公共关系危机。引发这场危机的主要原因是，轻工业部颁发的《化妆品生产管理条例》与卫生部颁发的《化妆品卫生监督条例》中的部分条款内容相互冲突。政府两大部门在化妆品生产管理上的"两堂会审"，使企业无所适从。外部公共关系危机波及的范围相对较广，受害者大多数是具体的社会公众，责任不在发生危机的某一具体的企业等社会组织及其成员身上。不可控因素较多，较难处理，需要危机的有关各方密切配合，共同行动。

（三）按危机造成企业损失的表现形态分类

按危机造成企业损失的表现形态分类，有有形公共关系危机和无形公共关系危机。

1. 有形公共关系危机

有形公共关系危机给企业带来的损失直接而明显。如房屋倒塌、爆炸、重大矿难等造成的人员伤亡或财产损失等。有形公共关系危机的产生与造成的损失大多数是同步的。危机造成的损失明显，易于评估。危机造成的损失难以挽回，只能采用其他措施补救。有形危机的发生常常伴随无形危机的出现。

2. 无形公共关系危机

无形公共关系危机即带给企业的损失表现得不明显的危机。任何一个给企业的形象带来损害的危机，皆属于无形公共关系危机。无形公共关系危机始发阶段，损失不明显，很容易被忽视。危机发生后，若任其发展，损失将会越来越大。危机造成的损失是慢性的，可采取相应的措施补救。

（四）按公共关系危机产生的主客观原因分类

依据公共关系危机产生的主客观原因，可分为人为公共关系危机和非人为公共关系危机。

1. 人为公共关系危机

人为公共关系危机即由人的某种行为引起的危机。对于一个企业来说，产品设计欠科学、生产工艺设计不合理、配方有问题、原材料质量不好、有关工作人员离岗或不尽职守、工厂的安全保卫不力、财产管理不善、有人故意破坏等造成的危机，人为公共关系危机一般是可预见并可提前予以控制的。

2. 非人为公共关系危机

非人为公共关系危机主要指不是由人的行为直接造成的某种危机。对于一个企业来说，引发非人为公共关系危机的事件主要指自然灾害，如地震、洪涝灾害、风灾、雹灾等。非人为公共关系危机大部分无法预见也无法控制，造成的损失通常是有形的，容易得到社会各界和内部公众的同情、理解与支持。

（五）按公共关系危机的外显形态分类

根据公共关系危机的外显形态，可分为显在危机和内隐危机。

显在危机是指已发生的危机，或危机趋势非常明显，爆发只是时间问题。内隐危机指潜伏性危机。与显在危机相比，内隐危机具有更大的危险性。例如，20 世纪 80 年代末期，由于我国核桃质量差、交货不及时，英国商人把原发往欧洲市场的中国核桃转卖给埃及，改从美国进口。这意味着西欧这一传统的中国核桃市场将被美国挤掉。表面上看，英国拒绝中国核桃进入欧洲市场转手处理给埃及，是显在危机。但改用美国核桃长期供应原属中国的传统客户，则是内隐危机，是"核桃事件"的主体性危机。

学会识别公共关系危机的类型，掌握不同公共关系危机的特征，将有助于公共关系人员进一步认识和理解公共关系危机处理的意义，把握好公共关系危机处理的基本原则。

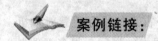 案例链接：

【案例 4 - 12】"霞飞"人的危机公共关系

1992 年，久负盛名的中国十大驰名商标中唯一化妆品品牌"霞飞"，在遭遇"3·15"非质量问题曝光之后，上海霞飞日用化工厂陷入了几乎灭顶的困境之中。

"霞飞"人凭着他们当时对公共关系的感悟，预感到一场危机会到来，为预有准备，当年的 3 月 2 日，他们在企业内部设立了公共关系部，并任命了经理和工作人员，但他们没想到危机会这样快地突然降临。面对这场突如其来的灾难，"霞飞"人没有倒下，而选择勇往直前地"战斗"。

首先，他们求教于上海公共关系协会等公共关系组织，坦率地向专家们说明情况。在专家的帮助指导下，确定了挽救"霞飞"形象于危难之中的公共关系目标：抓住"3·15"曝光的非质量问题，恳求政府解决管理部门各自为政、企业遭殃的问题，迅速向各界公众通报事实真相，唤起公众的广泛同情与支持，防止危机继续漫延。

其次，形成一套完整的危机管理方案，并立即实施：迅速组织销售人员奔赴各地，热情向客户解释产品包装问题，以控制退货趋势；向上海党政领导说明真相，请求帮助，并向上海新闻界含蓄透露真相，以求得对曝光的"冷处理"；联合其他厂家，赶赴北京，通过行业协会向上级陈情，以期尽快得到有关领导的批示；向中国公共关系协会求援，向驻中国人心目中形成"长城饭店是洋人出入的地方，中国人进不去"的误解。为了消除这种误解，公共关系部想出一个主意：举办一次集体婚礼，每个普通的北京市民都可以报名参加，还可以带上 15 名亲友。当 95 对新婚夫妇和他们的 1500 名亲友步入长城饭店大厅时，通过中央电视台和北京电视台，亿万中国人收看到这一盛况。自此以后，许多中国企业、政府机构、社会团体也在这里举办各种活动。长城饭店在中国人心目中变得更亲近了。

四、开放参观

1984 年 7 月，长城饭店以饭店总经理和副经理名义，邀请全店 1600 位员工的家属、政府有关部门人员、附近"左邻右舍"，到饭店做客参观。这次接待参观，从请柬的设计、印发，到食品饮料的准备；从参观区域的选择到参观路线的确定；从导游的培训到接待的礼仪，每个环节都要计划得具体周密。饭店各部门通力合作，整个活动十分顺利。这次参观活动持续了三天半，共接待 4029 人。

本次参观活动引起了强烈的反响。不少员工的亲属认为，饭店能接待美国总统，又能接待员工亲属，说明饭店管理者对员工是很关心、很重视的。这次参观活动，不仅使员工亲属了解了饭店工作的性质，也了解了员工的工作规律，并取得了他们对饭店工作的理解和支持。一些政府部门的官员、临近单位的负责人参观后，也加强了对饭店的了解，奠定了今后沟通、协作的基础。可以说，这是一次成功的公共关系专题活动。

请问，北京长城饭店开展了哪些公共关系专题活动？公共关系专题活动有什么特点？怎样才能取得令人满意的效果？

公共关系专题活动是指一个社会组织为了实现一定的公共关系目标，围绕某一特定主题而精心策划和开展的公共关系活动。

公共关系专题活动的基本特征：必须有一个明确的主题；必须经过精心策划，有组织、有计划、有步骤地进行；通常与某一类型的公众进行重点沟通；必须是针对某一个具体的问题而开展的，具有极强的针对性。

公共关系专题活动对于改善组织的公共关系状态有着极为重要的意义。它能使组织集中地、有重点地树立和完善自身形象，扩大自己的社会影响，从而实现社会效益和经济效益的双丰收。

公共关系专题活动有很多种形式，主要有新闻类活动、庆典活动、展览活动、赞助活动、参观联谊等。

第一节 新闻类活动

一、制造新闻

制造新闻也叫谋划新闻事件，指的是专门为了求得新闻媒介的报道而策划的有意义的事件。这里应注意的是：制造新闻并非弄虚作假，而是以组织发生的真实事件为基础，经过公共关系人员的精心谋划，使其具有新闻价值。什么样的事件才能成为新闻，才具备新闻价值呢？新闻价值是指该事实本身所具有的重要性、新鲜性、接近性、及时性和趣味性。曾经有一家美国公共关系公司，为了提高新建成的港湾公寓的知名度谋划了一个新闻。在美国国旗诞生 200 周年纪念日，在港湾公寓的广场上举行了庄严的升国旗仪式。这一新闻很有价值，当天就通过电视传播到美国各地。通过新闻媒介对这一新闻事件的报道，原本不出名的港湾公寓立刻家喻户晓。

与其他的公共关系专题活动相比，谋划新闻的策划和操作都比较难，没有固定的模式可以套用，这就需要公共关系人员开动脑筋，寻找时机，大胆创新。如果说有什么经验可寻，一要以组织发生的真实事件为基础，二要使其具有新闻价值。具体说来，可参考以下几点做法。

（一）根据热门话题谋划新闻事件

不同的公众群体，关注的话题不同；不同的时期，同样的公众群体关注的话题也不同。所以，公共关系人员应深入了解公众心理，了解传播对象在当时最关注的话题。

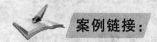

【案例 5-1】联想与奥运

联想（北京）有限公司曾利用奥运火炬传递这一最为国民关注的话题，策划了一起成功的公共关系活动。2008 北京奥运会火炬祥云在全国范围内激情传递的时候，由奥运会 TOP 合作伙伴联想（北京）有限公司发起的"传火炬传爱心为奥运献礼"——联想奥运笔记本高校行活动在全国 30 所高校展开。联想集团还在全球范围内进行了联想奥运笔记本创意设计大赛。

【案例 5-2】"请留心你家的后窗"

20 世纪 50 年代，好莱坞影片《后窗》曾风靡香港，该片描写了一个脑部受伤的新闻记者，在家养伤时闲极无聊，便买来一架望远镜，每日坐在屋子里从对面楼层的后窗窥视住户的家庭隐私，从而卷入了一场谋杀案。影片上映后，香港人竞相观看，形成了"后窗热"。这时，香港的一家生产百叶窗的企业成功地抓住了这一事件。他们在报上连续刊登题目为"请留心你家的后窗"的销售广告，其生意一下子兴隆起来。

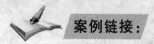

【案例 5-3】"乐华电器世界杯百万大奖赛"
公共关系活动

2002 年 4 月 23 日，广州乐华电子销售有限公司在北京举行新闻发布会，宣布在世界杯期间斥巨资举办"乐华电器世界杯百万大奖赛"活动，用 32 万元寻找"中国最有价值的球迷"。中央电视台、《光明日报》、《中国青年报》、《解放军报》等20多家大型媒体均作了报道。引发了广大球迷对"球迷价值"的大讨论，形成良好开局。接着通过极富吸引力、利益点明显、能激发读者参与欲望的广告做宣传，标题是谁都可能拥有32万。正文为如果你有一颗足球头脑，如果你对32强了如指掌，如果你对64场绿茵大战洞若观火，那么，你一定能拿到32万大奖，那么，你一定是中国最有价值的球迷。

乐华电器世界杯竞猜百万大奖赛从活动开始前，到活动进行直至活动结束，前前后后的新闻稿件有近300篇。在整个世界杯期间，各大媒体都可以见到"乐华竞猜"的消息。消费者在关注竞猜的同时，不知不觉中接受着乐华的价值灌输。在新闻媒体热衷报道的推波助澜之下，广大球迷积极参与了"乐华电器世界杯竞猜百万大奖赛"活动，参与竞猜者超过1000万人次。

世界杯结束，赛场的风云变幻，结果没有一个球迷能完全猜中比赛的名次，头奖32万元最终无人获得。乐华又出高招，再次制造"新闻热点"，决定把这笔钱无偿捐献，并向全社会征集捐赠方案。全国各大媒体同时出现乐华的大标题广告："32万巨奖遭遇'克星'，结局由你裁定。"球迷及各界人士的热情再次被激起，各类建议信件如雪片般飞向乐华公司，乐华再次扬名。

（二）抓住"新、奇、特"谋划新闻事件

新奇性是新闻事件的最突出特点。只有构思新颖的新闻事件，才能引起记者的注意，并在公众中产生强烈反应。

 **案例链接：**

【案例5-4】世界拳王爱心慈善晚宴

晚餐在人们看来是再普通不过的小事，一般人的晚餐通常不会有什么新闻价值。但是，曾经在人民大会堂宴会厅举办的世界拳王爱心慈善晚宴就引起了新闻媒介的报道和广大公众的关注。此次活动由中国慈善总会、长城国际体育传播有限公司等主办，北京生命之星医药集团独家承办。据主办者介绍，晚宴邀请到的客人有迈克尔·杰克逊、斯皮尔伯格、道格拉斯等国际名人，还包括成龙、刘德华、周润发、林忆莲、齐秦、苏芮等人在内的众多港台明星。当然还有唐·金、霍利菲尔德、鲁伊兹、拉曼、刘易斯等拳坛名流。此次晚宴的入场凭证是各种爱心慈善卡，每卡售价从2600元到6万元不等。届时，全球有17个国家的电视台联合播放了这次晚宴。

（三）巧妙地利用各种信息和时机谋划新闻事件

精明的公共关系人员应该善于搜集信息、使用信息，把信息转变成价值，还要善于寻找有利时机，利用"天时"来开展公共关系活动。例如，某企业在建国50周年纪念日，聘请在人生和事业方面取得成功的新中国同龄人来做报告，并且表彰为本企业做出突出贡献的新中国同龄人。因为把表彰先进与建国纪念日联系在了一起，所以这次表彰活动具有了新闻价值。

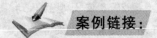

【案例5-5】"砸奔"，野生动物园名利双收

从2001年12月中旬到2002年3月下旬，在长达3个多月的时间里，中国的媒体几乎都被发生在武汉的一起"砸奔驰"汽车事件所深深吸引，并为之进行了连篇累牍的报道，而这一新闻事件的最大受益者，正是一手"导演"了"砸奔驰连续剧"的武汉野生动物园。

2001年12月19日，武汉野生动物园召开新闻发布会，表示由于对奔驰公司的售后服务不满，将于12月26日砸毁自己价值89万元的奔驰汽车。

2001年12月25日，在砸奔驰汽车的前一天，武汉野生动物园又以一个"老牛拉奔驰游街"的行动，有效地扩大了这一事件的影响力。

2001年12月26日，上午11时整，在众多媒体的关注下，武汉森林野生动物园5名年轻力壮的员工挥舞着木棒、铁锤砸向这辆奔驰SLK230轿车，几分钟后，奔驰的外表已面目全非。

其后，又进行了成立"奔驰汽车质量问题受害者联谊会"，到北京维权，召开维权座谈会等活动。

2002年3月15日，就在"3·15"消费者权益日到来之际，在"奔驰汽车质量问题受害者联谊会"准备借"3·15"采取进一步措施之前，事情发生了戏剧性的变化——奔驰公司与武汉野生动物园突然达成和解。

最后的结局，这辆曾被砸得面目全非的奔驰汽车又修复一新地回到车主手中，在几乎没损失任何东西的情况下，武汉野生动物园赢得了巨大的名声。

尤其值得称道是，这个新闻事件选择的时机极佳。当时眼看就要到元旦、春节了，又是假日经济的黄金时段，在这个节骨眼上，"砸奔驰"事件报道处处拉扯到动物园的名称，无疑对门票销售会有很好的推动。事实也证明了这一点。在砸车期间，武汉野生动物园已把票价提高了30元，策划的收益立刻就看见了。

（四）利用名人效应谋划新闻事件

有意识地把新闻事件与某些权威人士、社会名流联系起来，或者在新闻事件中请名人唱主角。例如，在美国总统艾森豪威尔67岁生日时，法国人民向美国总统赠送了两桶陈酿了67年的白兰地酒，由于赠送礼品与名人联系在了一起，这次赠送被世界各地记者写成各种形式的文章广泛传播。

【案例5-6】公共关系部经理怎样"制造新闻"

1986年10月，高莉莉就任上海金沙江大酒店公共关系部经理时，酒店还默默无闻。1987年秋，高小姐从她的记者朋友处得知，著名的日本影星中野良子将携她的新婚丈夫来北京、上海访问。她马上意识到这是酒店开展公共关系活动借以提高知名度的好机会。于是，她立即采取了一系列措施：争取到了接待客人的机会。然后又直接给尚在北京的中野良子打电话请她来上海时下榻"金沙江"。对方应允后，高小姐立刻带领工作人员进行策划和准备。

客人晚上到酒店，等待他们的是一个洋溢着浓烈的喜庆气氛的"迎亲"场面。在一片热烈的鞭炮声里，中野良子夫妇被 40 多位中外记者及酒店上百名员工簇拥进一个中国传统式的"洞房"——正墙上大红"喜"字熠熠生辉，两旁的对联上写着"富士山头紫燕双飞白头偕老，黄浦江畔鸳凤和鸣永结同心"。在笑声、掌声此起彼伏的"闹洞房"仪式中，新婚夫妇还品尝了象征"甜甜蜜蜜"、"早生贵子"的哈密瓜、桂圆、红枣等，在异国他乡度过了一个难忘的欢乐之夜。

当晚，在场的记者们纷纷报道了这则饶有情趣的新闻，上海金沙江酒店也随着这些报道在一夜之间扬名海内外，特别是在中国公众和日本公众中留下了深刻而美好的印象。

（五）与新闻媒介联袂谋划新闻事件

公共关系人员在谋划新闻事件时，应努力与报社、电台、电视台联合行动。由于有新闻媒介的参与和支持，一方面，能使活动进展顺利，达到事半功倍的效果；另一方面，能结交新闻媒介的朋友，加深新闻媒介对本组织的印象。

二、新闻发布会

新闻发布会又称记者招待会，是指以某一社会组织的名义邀请新闻机构的有关记者参加，由专人来宣布有关重要信息，并接受记者采访的具有传播性质的一种公共关系专题活动。新闻发布会可以是单纯的新闻发布，也可以和回答记者提问结合起来，会后还可以举行酒会、冷餐会等联谊活动。政府机关、企事业单位、社会团体或个人都可以举行新闻发布会。它是组织传播各类信息、吸引新闻界客观报道、搞好媒介关系的重要手段。特别是当组织遇到一些问题无法通过自身向社会公众解释时，借助新闻媒介来传递真相、澄清事实，更有利于组织引导公众舆论，树立或维护形象。

（一）新闻发布会的特点

新闻发布会是一种两级传播，先将消息告知记者，再通过记者所属的大众媒介告知公众。大体有以下几个特点：

（1）正规隆重：形式正规，档次较高。

（2）传播效果好：传播面广，集中发布（时间集中、媒体集中），迅速扩散到公众。

（3）新闻发布会的效果与主持人和发言人的水平也存在着一定的关系，主持人和发言人需要机智灵活、反应迅速。

（4）新闻发布会耗资较高。

（二）新闻发布会的策划技巧

要使新闻发布会成功召开，就要有一个全面的策划。

1. 做好新闻发布会前的准备工作

（1）由头和主题的确定。由头，即理由，必要性。新闻发布会是一种比较正规和隆重的公共关系会议性的专题活动，耗资较高，需要投入较多的人力、物力、财力，所以在开会前首先要明确举行新闻发布会的必要性，判断所要发布的信息是否具有广泛传播的新闻价值。组织中具有举行新闻发布价值的事件一般包括：重要的庆祝活动或纪念日；有社会影响的新技术新产品的开发、投产与问世；组织成立或倒闭、合并或转产；经营管理方面的重大改革；对社会所做的重大公益事业；重大的危机事故；特殊事件等。这些具有新闻发布价值的由头，都可作为主题。整个新闻发布会始终都应紧密结合主题，切忌偏离主题。

（2）新闻发布会召开时间的选择。新闻发布会召开的时间应尽量避开重大的社会活动日，以免记者不能参加此次活动而去选择更重要的活动，这样会降低会议的新闻价值，影响会议的效果。在一周之内，新闻发布会的时间不太适宜安排在周末；在一天之内，新闻发布会的时间最好安排在上午 10：00 和下午 15：00 左右，会议时间控制在一小时左右为宜。在日程选定后，还应提前 7～10 天派专人将请柬送到被邀请者手中，临近开会时还应打电话联系落实。

（3）新闻发布会召开地点的选择。会议地点的选择要注意考虑两方面的因素：

1）符合会议主题。例如，会议主题侧重于宣传性的，就适合在社会组织内部进行，便于语言宣传的同时进行实地或实物宣传；若会议主题是侧重于说明性的，如澄清事实或解释情况，以挽回影响的，则可以选择在社会组织外部进行；如希望造成全国性影响的，则可在首都或某大城市举行。

2）会议场地方面的要求。会议场地应尽量选择设施良好、环境幽雅，能为记者创造各种方便采访的条件，如录像、拍摄的辅助灯光，照明设备，视听设备，幻灯或电影的播放设备，适合记者使用的座椅、电话机、传真机等，通信和交通都比较便利的场所，以便记者们联络和发布信息，以上各方面因素有时需综合考虑。

（4）邀请对象的确定。应根据新闻发布会的主题，有选择地邀请有关的新闻记者参加，如经济类、文化教育类、体育类、社会生活类、法制类等，都有不同的媒介工具或不同的媒介记者。还要根据消息发布的范围来确定记者的覆盖面和级别，考虑如何选择报纸、杂志、广播、电视等媒介记者，以及考虑媒介是地方性、区域性还是全国性的。新闻发布会主要邀请的是记者，有时还可以邀请一些知名人士及有关方面的专家，以提高会议的规格和会议内容的可信度。

（5）主持人和发言人选定。由于记者的职业要求和习惯，他们大都会提出一些尖锐、深刻甚至很棘手的问题，这对主持人和发言人提出了很高的要求。主持人和发言人除具备较高的文化修养和专业水平外，还要思维敏捷、口齿伶俐。主持人一般由组织公共关系机构的负责人担任，首先介绍会议基本情况和议程，再由发言人做详细发言。发言人应由组织的高级领导担任，因为他们熟悉组织的整体情况和方针、政策，发布消息和回答问题具有权威性。不论主持人还是发言人，都是组织形象的化身，其外表形象的设计也应下一番工夫，服饰仪表、言谈举止都应该给人以礼貌、真诚的感受。

（6）会议所需要的资料的准备。公共关系人员应根据新闻发布会的主题事先准备好文字、图片、图表、实物、模型、影视、照片等各种材料。根据新闻发布会的主题，成立专门的发言起草小组，全面收集有关资料，拟写发言稿和报道提纲供发言人参考。同时，还应该准备新闻稿和新闻资料，发放给记者作为采访报道的参考。辅助宣传资料力求紧扣主题，尽量做到全面、详细、具体和形象，资料的形式应多种多样，如文字、图片、图表、实物、模型、影视以及照片等。这些资料应在会议举行时现场摆放或分发、展示、播放、使用，以增强新闻发布会的效果和可信度。特别要注意的是，新闻发布会前应将会议议览等的团体性公共关系活动。开放参观实际上是一个组织的公开展览。它有助于提高组织经营管理的透明度，增进组织与公众之间的双向了解；消除某些公众对组织的偏见和误解；亲善社区关系，加强组织与公众的联系，形成组织良好的公共关系。

要使开放参观活动取得良好的公共关系效果，必须做好周密的组织工作。

（一）开放参观前的准备工作

（1）确定开放参观的时间，注意合理性和方便性。最好安排在有意义的日子里，如组织周年纪念日等。

（2）确定参观项目。安排开放参观活动要有明确的目的，根据目的确定参观主题，围绕主题确定参观项目。参观的项目非常广泛，例如，组织的展览室，组织的环境，组织的福利、娱乐、服务、卫生等设施，企业的工程设备和工艺流程等。

（3）安排活动程序，制定参观路线。

（4）准备好宣传资料。主要是供参观用的小册子及说明书，内容应简明扼要，可介绍参观的一般过程及本单位的基本情况。小册子要带有纪念意义。还须准备好介绍组织情况的幻灯、录像和电影资料等。

（5）准备好展览用的实物和模型。

（6）准备好辅助设施和纪念品。如停车场地，休息场所，会议厅等。

（7）挑选和训练工作人员。主要是挑选和训练接待人员、陪同人员和讲解员。

（二）参观过程中的接待工作

（1）先给参观者放映介绍组织情况的幻灯片、录像片和电影资料等，分发说明书、宣传小册子，并请组织负责人讲话，帮助观众了解组织的概况。

（2）引导并陪同参观者沿预定路线参观，同时作必要的介绍、解说，回答提问。

（3）时间较长的参观，中间要安排适当的休息。

（4）在参观过程中，如果参观者提出特殊要求，工作人员要先与有关管理人员或负责人商讨后再作答复，以免妨碍正常工作或发生意外。

（5）参观结束后，可与参观者座谈，最后分发纪念品。

 案例链接：

【案例 5-22】杜邦公司通过"对外开放"制止流言

一个组织难免会由于某些客观或主观因素的影响，让某些公众产生误解或疑虑。在这种情况下，对外开放参观就是一剂消除误解，排除疑虑的良药。例如，靠搞炸药起家的杜邦公司最初怕新闻媒体找麻烦，因而层层戒严，绝对不让记者进门，更不能采访报道。但是，在公众中传播的谣言却越来越多，最后，社会上甚至形成了一种可怕的印象：杜邦——杀人。杜邦心想，自己搞炸药，本是一项化学工业，也是为民造福，怎么偶尔有几下砰砰声，就成了杀人犯了呢？为此杜邦好不苦恼。一位在报界工作的朋友告诉他：与其"闭关锁国"，不如"对外开放"。杜邦听此妙言，茅塞顿开。干脆让记者进厂参观，介绍情况，由他摇动笔杆，将真相告诉公众。很快，杜邦公司纠正了过去由于各种爆炸事件和遮遮盖盖给人们造成的坏印象，开始得到公众的好评。

【案例 5 - 23】北京吉普汽车有限公司门户开放

北京吉普汽车有限公司为了使广大公众了解公司的情况，热情欢迎社会各阶层人士来厂实地参观，通过介绍、座谈、观看设备及产品、影视宣传等项目与公众沟通交流，提高了企业的透明度，树立起企业的良好形象。近年来，该公司接待了来自数十个国家和地区的外宾上千人次，接待政府部门、事业单位、厂矿学校的国内公众近万人次。

【案例 5 - 24】中国人民解放军驻港部队举办开放参观活动

自 1997 年 7 月 1 日进驻香港以来，中国人民解放军驻港部队每年都举办"军营开放日"活动，已吸引数十万香港市民参观。"军营开放日"活动充分展示了解放军驻港部队的精神风貌，加深了香港社会和驻军间的相互了解，增进了友谊，已成为香港市民与驻军官兵互动的重要窗口。

二、联谊活动

（一）联谊活动的特点和作用

与开放参观相比，联谊可以是参加者自娱自乐，也可以邀请文艺界专业人士参加。另外，在联谊活动上如果能穿插其他活动，如电影招待会、舞会、聚餐会、各种竞赛、游艺活动等就会显得更加有吸引力。联谊活动不仅丰富多彩、活泼欢快、轻松自如，而且花费不多、操作简便、成功率高。各种类型的联谊活动对于社会组织与公众之间的良好沟通，加强双方之间的联系，改善双方的关系都具有十分重要的作用。尤其是对于服务性行业如商场、酒店、银行等来说，把社会公众与消费者组织起来，经常举办一些联谊活动，不仅对维系公众关系有好处，而且对开拓市场，赢得顾客大有裨益。例如，高碑店城市信用社曾经在该市举办"迎千禧、跨世纪"联谊会，邀请各界人士参加，在这些参加联谊活动的人士中，有的是信用社的老客户，有的是新客户，也有的是潜在客户。在联谊会上，举办者很自然地向顾客传递"优质服务新举措"、"感谢社会公众支持"等信息，并征求客户的意见、建议。这种社会公众联谊活动很巧妙地把社会公众和消费者统一起来，把联谊活动和开拓市场结合起来，从而使公共关系专题活动成为企业经营管理的有机组成部分。

（二）进行联谊活动的技巧

联谊活动的形式不一，规格不等。但要想成功地进行联谊活动，也要经过精心准备，周密安排。

（1）确定联谊的主题，并确定联谊活动名称。如某酒店以"饮食与健康"为主题，举办了"美食家"联谊活动。

（2）确定联谊活动程序，并印刷联谊活动节目单。

（3）联谊活动时间、联谊活动场所。

（4）邀请对象，最好邀请新闻记者参加，发出请柬。

（5）联谊活动所需要的物资，如礼品、奖品等。

（6）礼仪人员负责导游、接待、解释有关询问等工作。

（7）派专人摄影、录像等。

（8）准备好讲话稿、座谈会的讲话提纲等。

（9）准备好需要穿插的文艺、体育节目。

本 章 小 结

（1）公共关系专题活动是指一个社会组织为了实现一定的公共关系目标，围绕某一特定主题而精心策划和开展的公共关系活动。

（2）公共关系专题活动有很多种形式，主要有新闻类活动、庆典活动、展览活动、赞助活动、参观联谊等。

综 合 训 练

一、知识点测试

（一）填空题

1. 新闻发布会是一种（　　　　）级传播。

2. 新闻发布会召开的时间应尽量（　　　　）重大的社会活动日。

3. 在1周之内，新闻发布会的时间不太适宜安排在（　　　　）。

4. 庆典活动是一个组织开展的带有庆祝或（　　　　）意义的活动。

5. 按展览举办场地可分为（　　　　）展览会和露天展览会。

（二）单项选择题

1. 在公共关系活动中，策划具有新闻价值的事件又称为（　　　　）。

A. 臆造新闻　　　　B. 编造新闻　　　　C. 捏造新闻　　　　D. 制造新闻

2. 策划新闻常用的方法是（　　　　）。

A. 制造危机事件　　B. 邀请记者采访　　C. 利用名人声望和影响，创造名人效应

D. 公益广告

3. 庆典活动的策划要注重艺术性、市场性、（　　　　）三者结合。

A. 娱乐性　　　　　B. 实用性　　　　　C. 程式性　　　　　D. 公益性

（三）多项选择题

1. 新闻发言人必须具有（　　　　）能力。

A. 敏锐的思维能力　B. 高超的表达能力　C. 随机应变的能力　D. 超强的领导能力

2. 赞助活动的类型有（　　　　）。

A. 体育　　　　　　B. 文化　　　　　　C. 慈善　　　　　　D. 教育

3. 庆典活动主要有（　　　　）等。

A. 开幕（业）庆典　B. 特别庆典　　　　　C. 节庆活动　　　　　D. 周年庆典

二、案例分析

案例1：

下沙物美，我们与您一起成长
——物美杭州下沙店 5 周年庆系列活动策划

一、项目背景

物美商业集团有限公司（简称物美商业集团）是国内最早的一家以连锁方式经营超市的现代商业流通企业集团公司。自 1994 年创建北京第一家规范的综合超市以来，物美商业集团一直秉承"发展民族零售产业，提升大众生活品质"的经营理念，以振兴民族零售产业为己任，把国际先进的经营理念、信息技术和管理经验与国内实际情况相结合，运用现代流通技术改造传统商业，在连锁超市领域辛勤耕耘。其品牌主张是"物美为家，顾客至上，合作奋斗"，亦即站在客户的立场上为其着想，把顾客当成是永远的上帝，奉献出自己的真心，创立自己良好口碑。同时，物美大卖场秉承着"天天价廉，永远物美"的口号，以低廉的价格、优质的商品、周到的服务回馈社会各界朋友。

杭州物美大卖场下沙店位于杭州市下沙经济技术开发区，地理位置优越，是杭州进入下沙经济开发区的必经之处。该店经营面积 2 万平方米，共分三层。其中，一层为餐饮及知名品牌商业街，商铺经营范围涵盖钟表眼镜、美容美发、服饰皮具、黄金珠宝、休闲食品等。二、三层为卖场，主要以生鲜、杂货、百货为主，经营商品 3 万余种。卖场购物流线合理，内部宽敞明亮、购物环境幽雅，各区商品摆放错落有致，色彩搭配赏心悦目。同时，卖场还拥有 500 个车位的大型免费停车场，并提供免费改裤长、免费手机充电、免费停车、免费购物班车、免费大宗家电运送等多项免费服务。物美的入驻进一步推动了杭州下沙经济技术开发区的发展，满足周围居民日常购物需求，真正实现物美造福于民、打造"百年老店"的目标。在进货、销售、储存和服务各环节，杭州物美严把质量关，杜绝假货、三无产品等一切不合格的商品进入卖场。同时，秉承"天天价廉，永远物美"的口号，以低廉的价格、优质的商品、周到的服务在短短的一年时间里得到了杭州市民的普遍信任和认可。

二、项目调研

（一）实施该项目的必要性

一个组织想要树立良好的公众形象，首先必须要去接近目标公众并了解他们的想法，根据其所提出的建议和意见进行自身的改善、调整。与顾客近距离接触，聆听他们的想法，开展互动活动，能帮助物美树立良好的公众形象，所以物美有必要实施此次公共关系活动。

2010 年正值物美大卖场下沙店开业 5 周年店庆，组织如果能通过一次系列活动的开展来回馈社会、巩固消费群体、宣传组织形象，必将起到事半功倍的效果。这同时也是为物美在下沙地区抢占市场、缓解竞争对手给予的压力所必须采取的公共关系方案。

（二）技术可行性

（1）网站的制作简单方便，点击率提升快，传播范围也比较广泛。下沙物美已经在下沙网开设了物美网络意见箱，在建设的技术和经验上有了一定的基础。

（2）管理制度健全、设施齐全。对于物美卖场内部的布局以及广场舞台的建设，物美员工都是有一定基础的。

（3）经验丰富。物美大卖场下沙店不论是网站建设还是舞台活动都已经开展多次，具有相当丰富的经验进行活动组织以及问题应对。

（三）经济可行性

（1）活动经费预算少。策划的年度系列活动紧紧围绕着店庆5周年展开，以"下沙物美，与您一起成长"为主题，开展公共关系活动，所需成本较少，具有很强的可操作性。

（2）此次活动开展便利，宣传高效而费用较少，便于吸引大量学生和其他消费者。宣传手段主要依靠物美现有的组织刊物以及网络技术，活动相互串联，由浅入深地开展，节约了每个环节的成本。

（3）开展活动之后，预期会增加顾客，从而提高销售额，组织社会形象得到一定程度的改善。从公共关系的角度上说，系列活动的开展相互串联、相互呼应，以周年庆为主题的公共关系宣传和形象树立工作可以同时进行，相得益彰。

（四）组织管理可行性

（1）下沙物美领导以及部门主管对于公共关系活动大力支持的态度。

（2）物美内部员工有较强的公共关系业务素质。

（3）企业组织结构上的支持。

三、项目策划

（一）目标公众

经过调查我们发现，来物美的消费者年龄大多集中在21～29岁（占了总数的64%），大部分都是在校大学生或者刚开始工作的公司职员（人数分别占37.89%和36%）。经过数据资料的整理和我们调查当中的观察，发现这一类消费者因为平时有学习和工作的压力，所以光顾物美超市的机会相对较少，来物美的时间主要集中在周末或者节假日的空闲时段。因此，物美大卖场（下沙店）在今后开展各种活动的时候可以重视这个年龄层的心理倾向以及购物时间段，以便有针对性地开展一些具有新鲜而恰当的营销或公共关系活动。

（二）公共关系策略

我们为物美大卖场下沙店所设计的5周年系列活动以"下沙物美，与您一起成长"为口号。将顾客是企业生存之根本的思想贯穿整个周年庆活动，该口号体现了下沙物美在走过的5年历程中，不断接受顾客的意见和建议，自身的工作和服务水平等各方面都在不断改进和提高。同时，下沙物美站在顾客的角度，与顾客一起合作奋斗，把传统的顾客与商家的利益对立关系转化为和谐共进步的关系。更进一步说，下沙物美在与顾客一起成长的同时，定能走得更远，更好。

物美大卖场下沙店5周年系列活动主要由4部分组成，是针对调查中所反应出来的问题，有目的性地开展的一系列互动与公益活动。

第一，对下沙物美网络的建设。这是针对下沙物美顾客的特殊性专门作出的方案，是为与顾客进行双向沟通所作出的努力。首先，通过网络平台公布商品信息，方便了目标顾客群及时掌握物美下沙店的各活动及商品动态，给顾客及时参与提供了便利。树立了物美下沙店顾客至上的形象，更体现了物美为顾客便利做出努力，提高了口碑。其次，通过建立一条便利的沟通渠道，方便了顾客与物美下沙店之间的交流，一些意见、建议甚至是不满之处，找到了有效的方式来倾诉和解决，防止了比较激动的顾客将问题通过互联网其他途径进行发泄，比如论坛发帖、写日志等，把一些细小的问题扩大化，避免了组织形象危机。最后，通过密切联系的群体，增进与他们的交流，使顾客具有强烈的受尊重感从而建立起一个长久稳定的顾客群，为物美的可持续发展建立坚实的基础。

第二，激情购物寻宝活动。这是一个纯趣味性质和公益性质的活动。活动策划从目标顾客群角度出发，为其设计对口的趣味活动来共同感受西方节日文化，更是通过与浙江卫视的合作，把这种气氛感染的影响范围扩大。首先，通过共同感受西方节日文化的互动趣味购物过程中，强化了目标顾客的客户忠诚度。其次，通过与浙江卫视的合作，把一种全新的活动理念传递给大家，给浙江各商场、超市与顾客的互动方式创造了一种全新的模式。在全省范围内树立起了物美下沙店品牌。最后，建立了一种下沙物美与其会员和谐的关系以及合作奋斗的形象，吸引更多的消费者成为物美会员。

第三，关爱贫困、贷款学生的大型公益活动。活动旨在刚进入大学的大学生中树立物美和蔼的企业印象。策划方案针对活动整体和受众整体特征选择强有力的传统媒体和新媒体组合，同时根据具体活动需要有针对性地选择一些地方媒体加以配合。首先，整个传播过程在杭州市及其整个高教园区，辐射了潜在用户到主流群体的目标受众，形成立体化的品牌沟通。其次，从重视社会弱势群体入手，为构建"和谐下沙、幸福下沙"贡献出一个负责任企业所应当承担的任务，最终起到树立企业具有社会责任感的优秀形象，增强了物美品牌的文化内涵。

第四，logo 设计大赛。通过前面三个活动的铺垫，已经在很大程度上丰富了物美下沙店的企业形象以及品牌内涵。目标公众对物美这个品牌也已经有了一定的见解。这次 logo 设计大赛提供了一个很好的平台供目标公众去发挥。首先，方便目标公众把心目中理解的物美文化通过设计 logo 的方式表达出来，起到了倾听的作用。提高了顾客满意度，树立了组织良好的公众形象。其次，通过目标公众的创意，更高层次地丰富了物美的品牌内涵，并且把这种品牌内涵表达了出来，获奖标识将有机会成为今后下沙物美开展活动时的重要宣传标志，为企业今后发展做了潜在宣传。最后，这是对 5 周年系列活动的一个总结，以这个总结作为铺垫，帮助物美走上一个新的发展高度。

5 周年系列活动由浅入深，前后顺接且相互呼应，从预热到高潮阶段，始终强调媒体的及时跟踪报道。运用多种媒介对活动进行宣传、推广以及后续总结。运用舆论引导消费者的观念，以起到吸引社会各界关注的目的。回顾过去，展望未来，推动物美进入一个新的发展时期。

四、传播策略

主要选择运用下沙物美已有的资源进行宣传推广，包括物美每个月都会印发的商品宣传单等载体。同时由于策划活动中有方案专门大力推广下沙物美网络意见箱这个平台。

运用电视广播、平面报刊作为宣传推广的手段，主要是看中其发行量、浏览量大，受关注度高，能够将信息大量传播给公众，在活动过程中营造一个良好的社会氛围和支持度。新媒体是近些年才兴起的一个传播媒介。手机信号进入 3G 之后，越来越受 90 后大学生的青睐与喜爱。通过手机报抑或是 WAP 网站的形式进行传播发送量大且成本比较低，容易引起年轻群体的关注。新媒体是信息现代化、科技化的产物，随着媒体发展形势日新月异的变化，它将有趋势成为今后消息传播、宣传推广的主流手段。

物美杭州下沙店 5 周年庆典活动有哪些特点？对我们有什么启示？

案例 2：

"上帝"剪彩与同庆生日

青岛星火家具大世界开业之际，举行了一场别开生面的开业仪式。开业仪式上，既听不到震耳欲聋的鞭炮轰鸣，也看不到成群结队的领导光临，伴随阵阵悠扬悦耳的军乐声，商店工作人员向在场的第一批顾客散发了 20 束鲜花，然后由得到号码 8、18 的两位顾客当众为公司剪彩。

此时此刻，此情此景，人们感到顾客就是"上帝"已不再仅仅是商店里装点门面的标语条幅。

长沙友谊华侨公司于 1990 年 11 月中旬开始进行店堂装修，营业面积扩大 400 多平方米，商品品种增加 200 余种，准备在 1991 年元旦重新开业。他们邀请广州乐华电子联合有限公司为联办单位，赶制了一批精巧的生日纪念卡和小礼品，接着在报纸和电视上打出广告，邀请市内历年元旦出生的人趁"友华"重新开张之际，来店同庆节日之喜。

一位 81 岁高龄的老人闻讯后，高兴地说："我活了 81 岁，从来没有看到过商店为顾客过生日的，今天看到了。"他特地打发 60 岁的儿子到店里代他受喜。进得店来，这位花甲老人替父亲领了生日纪念品后，又被琳琅满目的商品所吸引，边看边买，出店时，大包小盒提了一大串。下午两点钟，一名男子手持医院证明来到店里，说他女儿当天上午 10 点钟才降生。经理代表公司向他表示祝贺，并向他女儿赠送礼品，他激动地说："你们给顾客带来了生日的乐趣，把'友华'的美好情意送到了顾客心里。"到下午 5 点钟，共发出生日礼品千余份，而商店的客流量已超过 20 万人次，销售额达 100 万元，相当于过去日平均数的十几倍，创该店历史上的最高记录，并为以后扩大销售奠定了良好基础。

分析案例中两家企业开业庆典活动的成功之处在哪里？

三、为自己的组织设计一个专题活动

要求：①形成策划方案；②根据方案，模拟表演。

第六章 组织形象管理

学习目标：

(1) 能深刻认识良好形象的作用。

(2) 了解组织形象的涵义、特征和种类。

(3) 掌握形象管理的方法，具有形象定位技能、形象传播技能。

导入案例：

> 日本尼西索公司在第二次世界大战结束时，只有30多名职工，却生产雨衣、游泳帽、卫生带、尿垫等多种产品，品种杂多，缺乏明确的形象定位，生产经营极不稳定。战后的经济恢复和发展为企业带来了契机。有一次，尼西索公司的董事长多川博在考虑市场定位时看到了一份日本的人口普查报告，得知日本每年大约出生250万婴儿。多川博想，如果每个婴儿用两条尿垫，一年就需500万条。如果能够出口，市场就更大了。于是尼西索公司把企业及产品定位于"尿垫大王"上，放弃了一切与尿垫无关的产品，最后靠它明确的形象定位占得日本70％以上的婴儿尿布市场，成为名副其实的"尿垫大王"。

塑造组织形象，是公共关系最基本的职能，有人据此将公共关系部称为组织的"形象设计师"。就公共关系工作来说，形象塑造也是一个社会组织提高其知名度、美誉度、和谐度的先决条件。社会组织只有通过开展组织形象的定位与设计、建立与推广、巩固与矫正等工作，才能赢得公众的信任、支持与合作，从而使组织得到和谐发展。

第一节 组织形象的涵义

一、组织形象的定义

组织形象是指公众对一个社会组织综合认识后形成的印象和评价。对于企业而言，形象的本质是商誉。众所周知的南京冠生园股份有限公司的"旧馅新做"事件被媒体披露后，其公司商誉受到巨大伤害，该公司最后向法院申请破产。

二、良好组织形象的作用

良好的组织形象是组织顺利运行和平稳发展的保障，因而是组织追求的终极目标。对于企业来说，是现代企业决胜竞争的重要法宝。

（1）赢得市场。良好的形象可以使消费者对企业及其产品产生信赖感，使组织的产品成为公众的首选商品，为企业赢得市场。

（2）吸引人才。"人往高处走，水往低处流"，"有了梧桐树，不愁金凤凰"。良好的形象能为企业吸引更多的优秀人才。员工会因身为其中一员而自豪，会自发努力工作。另外，良好的企业形象增加了职工的向心力、凝聚力及归属感。

（3）募集资金。为企业吸引更多的股东和资金。股东乐于购买股票，银行愿意提供优惠的贷款。

（4）资产增值。具体体现为品牌的价值。根据市场研究公司明略行（Millward Brown）发表的题为《全球100大最有价值品牌》（Brandz Top100 Most Valuable Global Brands）的报告，2010年Google、IBM、苹果、微软、可口可乐成为全球最有价值的品牌。Google品牌价值达到1142.6亿美元，IBM为863亿美元，苹果为831.5亿美元，微软为763亿美元，可口可乐达679亿美元。更为重要的是品牌价值最终会转化为实实在在的商品价值。

（5）保驾护航。良好的企业形象是企业的护身符。可以使企业逢凶化吉，遇难呈祥，以至东山再起。可口可乐公司说：即使它遍布全世界的工厂在一夜之间化为灰烬，那么明天全世界的头号新闻必定是全世界各大银行的巨头们纷纷向它贷款，凭"可口可乐"这张王牌，它会东山再起。

三、组织形象的特征

（一）整体性

组织形象是一个有机的整体，是组织内部诸多因素共同作用的结果。以企业为例，企业形象是企业的总体外在表像和内在实质的和谐统一，是社会公众的视觉、听觉感受和亲身行为体验等的和谐统一。此外，从社会公众把握企业形象最直观的途径来看，企业形象可以通过企业的产品形象、员工形象、环境形象3个方面来体现。它涉及产品的设计、质量、名称、商标、工艺水平，人员素质，服务质量，经营方式，企业文化，硬件环境设施等诸多方面。所以，良好企业形象的获得需要企业具备整体意识，开展全面的工作，进行长期不懈的努力。

（二）主观性

组织形象的主观性主要表现在以下两个方面：

（1）社会公众对社会组织的认识、看法和评价的形成过程具有主观性。因为社会公众本身具有差异性，他们的社会地位、价值观念、思维方式、认识能力、审美标准、生活经历等各不相同，他们观察、审视组织的角度也不相同，这样社会公众对同一组织及其行为的认识和评价就必定有所不同，"公说公有理，婆说婆有理"就是这个道理。

（2）组织在塑造自身形象中表现出强烈的主观能动性。组织形象的形成过程，实际上就是一个有目的、有意识地强化管理，改善沟通，实现组织"自我设计"的过程，其中包含着组织明显的主观能动色彩。在形象塑造和传播过程中，必然要发挥组织员工的主观能动性，渗透员工的思想、观念和心理色彩，因此，组织形象是主观的。

（三）客观性

组织形象的客观性表现在以下 3 个方面：

（1）组织形象的实际状态是客观的。尽管组织形象是社会公众观念中的形象，但这种观念中的形象不是凭空生成的，它的原型就是组织形象的实际状态。

（2）组织形象形成的过程具有客观性。组织形象是通过开展一系列的管理活动和传播沟通活动，对公众实施有目的、有意识的影响而形成的。这个总过程是具客观性的。

（3）组织形象形成后的结果具有客观性。这种看法、认识和评价是独立于组织实态和组织的主观意识以外的、被社会公众公认的某种客观事实。

（四）相对稳定性

当社会公众对组织产生一定的认识和看法以后，一般会保持一段时间，而不会轻易改变或消失，这就是组织形象的相对稳定性。这主要是因为组织形象是通过社会公众的一系列心理活动过程而形成的关于组织的某种认识和评价。它具有心理定势的特点，一般很难改变。即使组织发生变化，如果给予公众的信息刺激较弱，也引不起公众足够的重视。而且，公众过去的态度和经验还会直接影响（强化或阻碍）他们对各种信息作出的反应（即公众行为和态度的变化）。组织形象的这种相对稳定性可能会产生两种结果：其一是组织因良好形象被维持而受益；其二是组织因不良形象难以改变而受损。当然形象不是一成不变的，但要改变一种形象总是不容易的。组织形象的形成或改变都需耗费相当的人力、物力、财力。因此，塑造良好组织形象的工作必将是一个长期、渐进的积累过程。

四、组织形象的类型

组织形象是多层次、多维度的，因此也应该从不同角度来把握组织形象。

（1）按内容划分，可分为特殊形象和总体形象。

特殊形象是某一方面或少数几个方面给公众留下的印象，或者组织在某些特殊公众心中形成的形象。如企业的良好服务使某些顾客形成了组织"优质服务企业"的形象，企业的某一次慈善捐款给公众留下了乐善好施、热心公益事业的形象等。特殊形象对企业很重要。某些公众就是因为组织在某些方面的独特形象而支持组织的，如歌迷之于演唱会、球迷之于球赛等。特殊形象是组织改善形象的突破口，是构成组织总体形象的基础。

总体形象是由各个特殊形象构成的，是组织各种特殊形象在公众心中的综合反应。良好的总体形象是一种无形资产，它与组织的资金、技术和人才并列，是当代管理的"四大支柱"。

（2）按现实性划分，可以分为实际形象和期望形象。

实际形象是组织真实展现出来的，为社会公众所普遍认同的形象。组织的实际形象一般用形象调查的方法测得。实际形象不仅是形象塑造的起点，而且是影响组织生存发展的最现实的因素。

期望形象是组织期望在公众心目中树立的形象，即组织的形象目标。期望形象是组织发展的内在动力，对自我期望形象的要求越高，自觉做出努力的可能性就越大。任何一个组织都要为自己设立一个期望形象，以便有的放矢地开展工作。当然，期望形象的设立要符合发展的规律和组织的实际情况，要有可实施性、可操作性。

（3）按真实性划分，可以分为真实形象和失真形象。

真实形象是组织留给公众的符合企业实际情况的形象。

失真形象则是组织留给公众的不符合企业实际情况的形象。造成组织形象失真的因素很多，有传播中的因素，也有操作时的因素；有组织本身性质的因素，也有公众认知水平的因素等。要根本避免组织形象的失真是不可能的，但努力使组织形象的失真度降低到最低程度，即力争给公众留下一个真实的组织形象却是最为重要的。因此，组织要重视社会公众对企业评价的反馈意见，防止失真形象的产生。

（4）按可见性划分，可以分为有形形象和无形形象。

有形形象是通过人们的感觉器官直接能感受到的组织实体的形象。包括产品形象、员工形象、环境形象等。

无形形象是通过公众的抽象思维和逻辑思维而形成的观念形象，是组织的深层形象，也是组织形象的最高层次。一般包括组织的信誉、组织的风貌等。组织的信誉是组织无形形象的核心内容。它体现在一个组织的经营管理或对外服务等整个过程之中。信誉好比一只无形的手，它能左右公众对该组织所采取的行动。如名牌产品要比其他同类产品更受消费者的青睐；名牌大学尽管学费高于一般大学，却仍是广大考生所向往的。当然，组织的信誉是靠组织长期积累、不断培育而形成的，并非是朝夕之功所能换来的。因此，对组织来说，"信誉"是一笔无价财富，必须很好地维护它。组织的风貌一般表现为组织的风格、风气以及精神面貌。一个组织是否具有良好的风貌，对组织内成员的工作追求、工作干劲、凝聚力、创造力等都有直接的影响。虽然它们本身并无明显的直观性，但却能够有力地影响组织在公众心目中的形象。

无形形象是建立在有形形象基础之上的，一个完整的组织形象是有形形象和无形形象的综合。因此，对一个组织来说，塑造自己的形象，两者都不能偏废。

第二节 组织形象管理

管理是一种控制。组织形象管理就是对组织在公众心目中的整体形象进行控制。要想收到理想的管理效果，就必须了解组织形象的构成、组织形象的形成过程和组织形象的塑造方法。

一、组织形象的构成

组织形象是多方面的。简单来说，包括组织的总体特征与风格，知名度与美誉度等。具体来说，包括产品形象、员工形象、环境形象、服务形象、文化形象、实力形象等。不同的组织有不同的侧重。下面以企业为例进行分析。

（一）产品形象

公共关系概念中的产品形象不仅仅包括产品的外观因素，它应该是产品的外观形象、品牌形象、功能形象、风格形象等要素的综合统一。

1. 外观形象

外观形象主要由产品的造型、外观、色泽、手感、材质等因素构成。外观形象是产品形象最外在、最感性的层次和表现。例如，众人皆知的日本产品的基本特点：轻、薄、小、巧，这就是产品外观形象的反映。

2. 品牌形象

品牌形象是指产品的名称、标志、商标在公众心目中的印象和评价。品牌形象是企业形象的高度浓缩与结晶。优秀的品牌形象甚至可以成为企业及其产品的象征，成为企业"无形资产"的集中代表。市场研究公司明略行（Millward Brown）从持续性、社会责任、健康、信任、个性五大方面来评价世界各大品牌，2010 年 Google、IBM、苹果、微软、可口可乐成为全球最有价值的品牌。更为重要的是品牌价值最终会转化为实实在在的商品价值。例如，面料、做工、款式差不多的服装，名牌价格要高很多。天津狗不理包子一斤要 300 多元人民币，其中的品牌价值是不能忽视的。

3. 功能形象

功能形象主要包括产品的安全性、可靠性、实效性等质量因素。功能形象是产品形象的基础，是传统产品形象概念中最核心的内容。但是随着"产品功能趋同"现象的出现，仅仅具有良好的功能形象已经远远不够了。

4. 风格形象

风格形象是企业通过刻意的营销活动和公共关系工作的开展，在产品中培育、"植入"的某种文化或心理因素，通过社会公众对于这种文化的认同和心理的共振，企业的产品获得了某种"看不见"的独特的风格形象。例如，诺基亚公司的"科技以人为本"，苹果股份有限公司的精致完美的设计等，无不给人留下深刻印象。所以，也可以说，风格形象是源于产品而扎根于公众的心里。在现代企业竞争中，产品的风格形象已经成为产品"附加值"的重要组成部分，也是企业及其产品寻求个性和差别化的重要途径之一。

总之，产品形象是企业形象的重要基础。良好的产品形象不仅可以成为企业的象征，推进、带动企业塑造形象的工作，甚至还可以成为一个国家和民族文明的重要标志。例如，瑞士的钟表、日本的家电、瑞典的轴承钢、德国的"奔驰"汽车……因此，大力提高并着力塑造优秀的产品形象具有非常重要的实际意义。

（二）员工形象

企业员工既包括一般职工也包括企业领导。企业员工是企业形象的展现者；员工形象是企业形象最活跃的表现形式。员工形象不仅指员工的服饰外表，还包括员工的文化素质、职业技能、职业道德、精神风貌，以及企业的整体风气、工作作风、人际关系状态等。企业领导的形象更是不容忽视的，它包括领导者的精神风貌、领导作风、决策能力和仪表风度等。塑造优秀的员工形象，不仅要依靠长期的教育、引导、宣传和熏陶，同时也需要实施有效的管理手段，以及一整套的管理制度与措施。

（三）环境形象

环境形象是指企业生产、经营的工作场所，以及在社会交往和为公众提供服务时让公众所感受到的其他硬件要素。因此，环境形象不仅通过建筑物或场所来体现，如工业企业的厂区、车间，商业企业的营业场所等，还通过其他的环境要素来体现，如企业的生产设备、办公器具、交通工具、服务设施、宣传用品等。清洁、优美、舒适的环境形象可以给外界公众留下良好的第一印象，使他们愿意继续与企业交往；同时，良好的环境形象本身就是企业经营管理水平的综合体现，它就像一面镜子，在一定程度上反映了企业的人员素质、工作作风、各项管理制度的落实、各项业务管理工作的实际水平，以及企业的经济实力和发展潜力等。所以，环境形象也是社会公众把握、评价企业形象最直观，最重要的方面之一。

（四）服务形象

服务包括服务的时间、方式、质量等。小天鹅股份有限公司（简称小天鹅）秉承"服务第一，销售第二"的服务理念，创造了"12345"的服务模式。

【案例6-1】小天鹅"12345"的服务模式

一双鞋：上门服务自带专用鞋。两块布：一块垫机布，一块擦机布。三句话：进门服务第一句话"我是小天鹅服务员×××，前来为您服务"；第二句话"非常感谢您对小天鹅的信任"；服务后一句话"今后有问题，随时听候您的召唤"。四不准：不准顶撞用户，不准吃喝用户，不拿用户礼品，不准乱收费。五大件：免费保修三年。小天鹅认为，服务工作不再是过去狭隘的售后服务，而是一个全过程的服务，是一种服务文化。"12345"首次将"用户服务"规范化、流程化，"服务"这一模糊的人为行动第一次得到量化，且"12345"规范贯穿小天鹅为用户提供产品终生服务的始终。多年来，小天鹅的"12345"规范服务深受消费者的欢迎，为小天鹅带来了巨大的经济效益和社会效应。市场调查证明：60%以上的消费者选购电器产品的首要因素是对服务承诺的认同和信任。

（五）文化形象

文化形象包括历史传统、价值观念、企业精神、英雄人物、群体风格、职业道德、礼仪规范等。

（六）实力形象

实力形象包括企业固定资产、总资产、流动资金、产品销售、生产发展规模、员工数目、装备先进性等。

（七）知名度与美誉度

知名度是一个组织被公众知晓、了解的程度。这是评价组织"名气"大小的客观尺度。美誉度是一个组织获得公众信任、赞许的程度。这是评价组织社会影响好坏程度的指标。组织形象是由组织行为而产生，由公众舆论所判定。从量化标准看，组织形象可以用知名度和美誉度来表示。然而，一个组织的知名度高，其美誉度不一定高；反之亦然。美誉度是组织形象的基础，没有美誉度，知名度是毫无意义的，美誉度很差的组织，知名度越高越有损于组织形象。因此，应该在提高组织美誉度的基础上提高组织知名度。

二、组织形象形成的一般过程

组织形象是社会公众对于组织的总体认识和评价，它既表现为公众的一系列心理活动的过程，同时也是企业在社会公众中加深印象、端正态度、形成舆论的主观能动过程，这就是组织形象形成的一般过程。

（1）公众印象。印象是客观事物在人们头脑中留下的迹象。印象有深浅之分、好坏之别。可以这样说，公众印象是组织形象形成的第一步，而深化的公众印象就是组织形象。因此，如果把给公众留下良好的第一印象作为公共关系工作的起点，而在此后不断加深和强化公众的这种印象，就成为公共关系中更为普遍、持续的工作。

印象的形成过程包括感觉、知觉、记忆、想象、判断和推理等心理活动过程。其中，注意、判断、记忆等心理活动在公众印象的形成中具有关键的作用。要使社会公众对企业产生深刻持久的良好印象，就要引起公众注意、不断加深记忆。

（2）公众态度。公众态度是人们对事物所持的主观上的内在意向，是一种认识的反映、情感的反映和行为习惯的反映。公众态度具有社会性、针对性、稳定性和持久性等特点，它直接影响着人们的判断和行为。例如，在积极的态度支持下，公众就可能成为企业"口碑"的传播者或企业产品忠实的购买者；反之，则可能成为企业的逆意公众。所以，通过多种手段积极地影响、转变、端正公众的态度，就成为公共关系工作的重要任务。

（3）公众舆论。简言之，公众舆论就是公众中多数人的意见，它是公众态度的一种反映方式。公众舆论对于现代企业具有强大的约束力和影响力。在现代公共关系意识和公共关系行为准则指导下，对公众舆论进行科学的引导，并积极开展多种传播沟通活动，为企业发展谋取良好的舆论气氛，这成为塑造良好企业形象工作的重要方面。

三、组织形象的管理方法

组织形象的管理包括三个方面：其一，想，即进行组织形象定位；其二，做，即按照确定的期望形象，制定计划，付诸行动；其三，说，即科学运用各种传播手段和方法进行有效传播。"想"是基础，"做"是关键，"说"是保障。不想好了就做，就会流于盲目，要么徒劳无功，要么事倍功半。只想不做，就是空想，永远不会有所成就，因为"天上不会掉馅饼"。只说不做，就是欺骗公众，早晚会被公众唾弃。做完不说，人们不会称赞你谦虚，反而会笑你愚蠢。在竞争如此激烈、传播如此普遍的今天，只有充满创意的传播，才能成功塑造组织形象。

（一）组织形象定位

要想在公众心目中留下清晰、深刻的印象，就必须有准确的形象定位。组织形象定位是根据组织的自身特点、同类组织的情况和目标公众的需求，选择自己的组织目标、活动领域、经营理念，为自己设计出一个理想的、独具个性的形象位置。

下面，以企业为例，说明组织形象定位的原则和方法。

1. 组织形象定位的原则

组织形象定位的原则即组织形象定位导向。企业形象定位要遵循三种导向，即行业、企业导向，公众导向，竞争导向。

（1）行业、企业导向。企业要着重考虑本企业的现实状况和发展需要，有利因素与限制条件，即考虑"我是什么"、"我想做什么"和"我能做什么"。

1）行业导向。不同行业的生产经营特点、市场需求特点、竞争状况都会有所差别，这就要求企业应确定与行业特点基本吻合的企业理念及为公众所追求的形象特征。研究结果显示，食品行业更注重安定性、依赖感、规模、技术。服装纺织行业更注重安定性、技

第七章 公共关系礼仪

学习目标：

(1) 深刻领会礼仪在公共关系中的作用。

(2) 能自如地运用礼仪，体现组织良好形象，展示个人亮丽风采。

导入案例：

个人礼仪与组织形象

一天，黄先生与两位好友小聚，来到某知名酒店。接待他们的是一位五官清秀的服务员，接待服务工作做得很好，可是她面无血色，显得无精打采。黄先生一看到她就觉得心情欠佳，仔细留意才发现，这位服务员没有化妆，在餐厅昏黄的灯光下显得病态十足。上菜时，黄先生又突然看到传菜员涂的指甲油缺了一块，他的第一个反应就是"不知是不是掉我的菜里了"。但为了不惊扰其他客人用餐，黄先生没有将他的怀疑说出来。用餐结束后，黄先生唤柜台内服务员结账，而服务员却一直对着反光玻璃墙面修饰自己的妆容，丝毫没注意到客人的需要。自此以后，黄先生再也没有去过这家酒店。

请问，什么原因导致黄先生不再光顾该酒店？

我国明末清初的教育家、思想家颜元（1635—1704）指出"国尚礼则国昌，家尚礼则家大，身尚礼则身修，心尚礼则心泰"。礼仪对国家、集体和个人都至关重要。公共关系礼仪对一个社会组织公共关系活动的开展有着举足轻重的作用。遵循公共关系礼仪是成功开展各项公共关系活动的基础。公共关系礼仪贯穿在每一个活动环节中，尤其是在会面、接待、交谈、聚会及通信联络等方面，体现得更为突出。所以，必须熟练掌握各种礼仪。

第一节 公共关系礼仪概述

"礼仪"一词是从法语 Etiquette 演化而来的。在法国，将"法庭纪律"印在一张长方形的通行证上，发给进入法庭的每一个人，作为其进入法庭后必须遵守的规矩和行为准则。后来，"礼仪"就引申为"人际交往的通行证"。今天，对公共关系人员来说，礼仪仍是一种"通行证"，熟悉各种礼仪，对于交往的成功具有重要作用。对于一个社会组织来说，它是其文明程度的重要标志，是其精神风貌、人员素质以及公共关系水平最基本、最直接的体现。

一、礼仪

（一）礼仪的涵义

从字面上来看，"礼仪"包括"礼"和"仪"两部分。我国古辞书《说文解字》上说："礼"是用来"事神"、"致福"的形式。《辞源》中说："仪"是"法度"、"标准"。所以"礼仪"就是按一定的制度、法则、规范去行礼，去"事神"、去"致福"，去表达某种敬意。后来，"礼仪"的涵义被明确为"礼貌、礼节"（"礼"）；"仪表、仪式"（"仪"）。"礼仪"就是人们在各种社会交往中为了互相尊重，在言谈举止等各方面约定俗成的、共同认可的规范、程序。

要准确地理解礼仪的涵义，应从以下几个方面加以注意：

第一，它是思想和形式的统一。首先要有尊重他人、与人为善的思想；其次，是遵循人们约定俗成的规范和程序。

第二，礼仪是一种情感互动过程。只有相互尊重才能交往成功。要想得到别人的尊重，就必须先尊重别人。

第三，遵守礼仪是现代人实现自身价值的重要手段和途径。一个彬彬有礼、风度翩翩的人，就会被人接纳、受人尊重、得到理解、受到赞扬，就会左右逢源、取得成功。

（二）礼仪的性质和作用

1. 礼仪的性质

（1）阶级性。不管是在国内交往还是在国际交往中，礼仪都是有等级的，尤其是在封建社会，等级观念特别明显。古语有"刑不上大夫，礼不下庶人"。各阶级的等级地位在礼仪规范上得到充分体现。拿服饰来说，从衣料的质地、颜色到款式、装饰等都有区别。古代从颜色来看，从皇帝至官吏再到平民百姓从贵到贱依次为黄、紫、红、绿、青、褐。

（2）差异性。不同的民族、不同的国家，由于其历史发展、文化渊源、自然条件、政治制度、宗教信仰、心理素质特征等各不相同，使得各民族、各国家的礼仪都带有本民族、本国家的特点。如回族、傣族、藏族等在礼仪上有着明显的不同。东方国家与西方国家的礼仪有着明显的差异，在表达方式、对待亲情和隐私等方面都不一样。西方礼仪强调实用，表达直率、坦诚；东方人以"让"为礼，显得谦逊和含蓄。其实，礼仪的差异性不仅仅表现在民族和国家上，在许多小的区域也存在着明显的不同，所谓"十里不同俗"。

（3）普遍性。礼仪无时不在、无处不在。在人际交往中"有礼走遍天下，无礼寸步难行"。同时，随着经济的发展、交往的增多，各个国度、各个民族的礼仪互相借鉴和融合，共同性越来越多。

（4）发展性。礼仪受到政治、经济、文化等因素的影响，其内容得以不断变化和发展。随着社会的进步，观念的更新，生活节奏的加快，那些繁文缛节逐渐被简单实用的礼仪代替。

2. 礼仪的作用

（1）尊重的作用。尊重对方是礼仪的第一要义。倾听时注视对方，不随意打断对方说话等要求正是为了表示对讲话者的尊重。替人作介绍时，把晚辈、地位低的人、男士介绍给长辈、地位高的人、女士正是为了表示对后者的充分尊重。"握手"与"鸣礼炮"礼节的形成也充分说明礼仪的尊重作用。

【案例 7–1】"握手礼"的形成

在原始人打猎或采集果实的时候，当遇到不同部落的人群时，如果双方都怀有善意，便伸出一只手来，手心向前，向对方表示自己手中没有石器或棍棒，不必害怕。相互走近之后，便互相摸摸右手，以示友善。天长日久，这种动作得到人类的共同认可并沿袭下来，于是形成了今天人们表示友好的常见礼节，即握手礼。

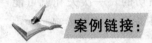

【案例 7–2】"鸣礼炮"礼节的形成

资本主义发展初期，英国是世界上航海事业最发达的国家。英国军舰在驶入别国海域之前，为了表示对拥有该海域主权的国家没有敌意，便把军舰上火炮内炮弹放掉，表示对对方友好。以后鸣放礼炮便成为国际上相互表示敬意的隆重礼节。

（2）教育的作用。自觉接受礼仪约束的人被认为是成熟的人、符合社会要求的人。反之，则受到社会道德舆论的约束。人人守礼仪、人人有"自由"，社会才会安定和谐。所以，"礼仪"对良好社会风气的形成，对社会文明程度的提高，起到了一个教育推动的作用。

（3）调节的作用。礼仪是处理人际关系的润滑剂。一个人处理不好人际关系就会因无法满足归属感、受人尊重的需要等而怅然若失，惶惶不安，甚至行为变异；一个单位或整个社会人际关系混乱、紧张，就会没有凝聚力和影响力，事业就会遭到失败。联邦德国威廉博士在其《精神采访研究》中指出，20世纪80年代初德国被解雇的4000人中不称职的只占10%，由于人际关系紧张而导致无法施展才能的则占90%；中国《经济日报》1987年对全国100余家破产或撤并企业的调查发现，领导班子不团结，干群关系紧张的占90%。总之，通过礼仪的调节作用，我们可以拥有和谐的人际关系，可以更顺利地开展工作。也就是说，礼仪可以帮助个人事业成功，帮助组织繁荣发展。

二、公共关系礼仪

（一）公共关系礼仪的涵义
公共关系礼仪是一个社会组织在与其公众交往时所遵循的礼仪规范。它不是某个个人或某个部门的行为规范，而是整个社会组织的行为规范。

（二）公共关系礼仪的作用
现代社会竞争非常激烈，关系异常复杂，每个社会组织只有遵循公共关系礼仪，灵活运用各种人际交往的技巧、方法，妥善处理社会组织与各类公众的关系，营造一个宽松、和谐的社会环境，争得更多公众的信任、理解和支持，才能内求团结、外求发展。

（三）公共关系礼仪的运用原则

1. **全员公共关系的原则**

一个社会组织要想在公众的心目中树立起良好的形象，就必须上上下下都参与公共关系活动，就必须意识到自己的一言一行不仅反映了个人的学识、修养、风度，而且也代表了他所在的社会组织精神风貌和管理水平。

2. **真诚友善的原则**

礼仪的本质就是表达人们之间的相互尊重和友善，只有真诚、友善才能真正赢得公众的信赖和支持，才不至于使礼仪变成虚伪的过场和形式，从而达到双赢的目的。

3. **面面俱到的原则**

常言道"礼多人不怪"，这句话用在公共关系礼仪上也是很贴切的。一次失礼就可能导致整个公共关系活动的失败，绝不能忽视失礼对公共关系和组织形象的消极影响。

第二节 仪 表 礼 仪

公共关系人员应该是充满魅力的人。魅力，是一种能够吸引人的力量，它是一个人内在美和外在美的统一。仪表美是魅力的一个重要组成部分，它不仅反映一个人的审美能力，也反映其文化、道德、礼仪水平，因此，公共关系人员在各种场合都应重视自己的仪表。

仪表即人的外表，指容貌、姿态、风度等。通常包括仪容、仪态和服饰。仪表礼仪即指一个人在仪容、仪态和服饰方面的规范和要求。

一、仪容礼仪

在个人的仪表问题之中，仪容是重点之中的重点。社交礼仪对个人仪容的首要要求是仪容美。它的具体含义主要有3层：第一，仪容自然美；第二，仪容修饰美；第三，仪容内在美。真正意义上的仪容美，应当是上述3个方面的高度统一，即秀外慧中，表里如一。在这三者之间，仪容的内在美是最高的境界，仪容的自然美是人们的普遍心愿，而仪容的修饰美则是仪容礼仪关注的重点。

要做到仪容修饰美，就要遵循修饰仪容的基本规则：美观、整洁、卫生、得体。

个人修饰仪容时，应当引起注意的通常有头发、面容、手臂、腿部、化妆等5个方面，在此主要强调头发、面容和化妆方面应注意的礼仪。

（一）头发

修饰头发，应注意的问题有4个方面：

（1）勤于梳洗。

（2）长短适中，要考虑性别、身高、年龄、职业等因素。

（3）发型得体。

选择发型，除个人偏好外，最重要的是要考虑个人条件和所处场合。

个人条件，包括发质、脸型、身高、胖瘦、年龄、着装、佩饰、性格等，总的原则是要扬长避短。所处场合也同样重要，发型特点要与具体场合相协调。

（4）美化自然。不管是选择哪种美发方法，都要做到美观大方，自然舒适。

（二）面容

仪容在很大程度上指的就是人的面容，由此可见，面容修饰在仪容修饰之中举足轻重。

修饰面容，首先要做到面必洁，即要勤于洗脸，使之干净清爽，尤其要注意比较容易忽视的耳后和脖颈的卫生；保持口腔清洁，早、中、晚都应刷牙、漱口，无异味；还要注意修面、剪鼻毛、剪指甲，男士应勤刷胡须。

（三）化妆

化妆是修饰仪容的一种高级方法，在人际交往中，进行适当的化妆是必要的。这既是自爱的表示，也是对交往对象的尊重。

化妆要掌握美化、自然、得法、协调的原则，还要遵守以下礼仪规范，即勿当众进行化妆，勿在异性面前化妆，勿使妆面出现残缺，勿借用他人化妆品，勿评论他人的化妆。

二、仪态礼仪

仪态也称为举止、体态，指的是人们在外观上可以明显地被觉察到的动作、表情。人的举止可以展现人类所独有的形体之美。平日人们所推崇的风度，其实指的就是训练有素的、优雅的、具有无比魅力的举止。

人的举止在日常生活里时刻都在表露着人的思想、情感以及对外界的反应，虽然它可能是自觉的，也可能是不自觉的。社交礼仪因此而将举止视作人类的一种无声的语言，又称第二语言或副语言。正如达·芬奇所言："从仪态了解人的内心世界，把握人的本来面目，往往具有相当的准确性与可靠性。"体态语言丰富而微妙，是人们心迹的显露、情感的外化，好似一个信息发射塔。体态语言从另一个层面反映着人的思想境界，反映着人的精神面貌。

作为无声的语言，举止在一般情况下称为体态语言，简称体态语或体语。它的特点有三：一是连续性；二是多样性；三是可靠性。社交礼仪要求人们遵守举止有度的原则，即所谓"坐有坐相，站有站相"。具体说来，则是要求人的行为举止要自然、文明、优雅、敬人。

在交际中常见的体态语言主要有情态语言、身势语言、空间语言。

（一）情态语言

情态语言是指人脸上各部位动作构成的表情语言。人的面部表情包括眼、眉、嘴、面部肌肉的变化等。

借助于眼神所传递出的信息称为眼语。眼语的构成，一般涉及时间、角度、部位、方式、变化等5个方面。"眼睛是心灵的窗户"，眼睛的表情是五官中最丰富、最重要的。眼睛长时间平视对方，表示尊敬和重视；眯眼看人可能表示饶有兴趣、高兴，也可能表示轻视或挑逗；双眼突然睁大，可能表示疑惑或吃惊；斜视表示冷落、轻蔑；盯视表示侮辱和嘲弄；扫视往往表示一种挑衅等。在社交场合，多用平和、平视的目光与人交流，以体现温和、大方、亲切；友好、谦恭、真诚之意。

眉毛也会"说话"。如挤眉表示戏谑；横眉表示鄙视；竖眉表示愤怒；低眉表示顺从等。

嘴巴的表现力仅次于眼睛。嘴巴的感情基本通过口型变化来体现，惊愕时张口结舌；忍耐时咬紧下唇；微笑时嘴角微微上翘等。

虽然鼻子表情较少，而且大多数用来表示厌恶之情，但用得适当也能使话语生色。愤怒时鼻孔张大，鼻翼翕动，都能使内心的感情表达得更为强烈。

面部肌肉的收缩或舒展也是感情的自然流露。如笑逐颜开是心情愉快的表征；而蹙额锁眉是忧虑不安的反应；板着脸则说明心里不高兴。

总之，面部表情有多种多样的变化，很难规定。不能按照一个刻板的模式去做，一切要自然流露。但绝不意味着可以放任。人是有理智的，要学会控制，按照不同的社交需要处理。你的面部表情运用得当，会使你与交往对象之间的心理距离靠近甚至消失，从而可以更好地进行交流。在这当中，最常用的综合表情是微笑，它是人际交往中的"世界通用语言"，是人们愉快感情的心灵外露，是真诚、善良、友好、赞美、自信的象征。美学家认为，在大千世界万事万物中，人是最美的；在人的千姿百态的举止中，微笑是最美的。一种有分寸的微笑再配上优雅的举止，往往比有声语言更有魅力，可以收到"此处无声胜有声"的效果。

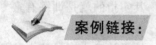　案例链接：

【案例 7-3】微笑的魅力

飞机起飞前，一位乘客请航空服务员给他倒一杯水吃药，航空服务员很有礼貌地说："先生，为了您的安全，请稍等片刻，等飞机进入平稳飞行后，我会立刻把水给您送过来，好吗？"15分钟后，飞机早已进入平稳飞行状态。突然，乘客服务铃急促地响了起来，航空服务员猛然意识到：糟了，由于太忙，她忘记给那位乘客倒水了。当航空服务员来到客舱，看见按响服务铃的果然是刚才那位乘客，她小心翼翼地把水送到那位乘客眼前，微笑着说："先生，实在对不起，由于我的疏忽，延误了您吃药的时间，我感到非常抱歉。"这位乘客抬起左手，指着手表说道："怎么回事，有你这样服务的吗？你看，都过了多久了？"航空服务员手里端着水，心里感到很委屈，但是，无论她怎么解释，这位挑剔的乘客都不肯原谅她的疏忽。接下来的飞行途中，为了弥补自己的过失，每次去客舱给乘客服务时，航空服务员都会特意走到那位乘客面前，面带微笑地询问他是否需要水，或者别的什么帮助，然而，那位乘客余怒未消，摆出不合作的样子，并不理会航空服务员。临到目的地前，那位乘客要求航空服务员把留言本给他送过去，很显然，他要投诉这名航空服务员，此时航空服务员心里很委屈，但是仍然不失职业道德，显得非常有礼貌，而且面带微笑地说道："先生，请允许我再次向您表示真诚的歉意，无论您提出什么意见，我都会欣然接受您的批评！"那位乘客脸色一紧，嘴巴准备说什么，可是没有开口，他接过留言本，开始在本子上写了起来。等到飞机安全降落，所有的乘客陆续离开后，航空服务员本以为这下完了，没想到，等她打开留言本，却惊奇地发现，那位乘客在本子上写下的并不是投诉信，相反，这是一封热情洋溢的表扬信。是什么使得这位挑剔的乘客最终放弃了投诉呢？在信中，航空服务员读到这样一句话："在整个过程中，你表现出的真诚的歉意，特别是你的 12 次微笑深深打动了我，使我最终决定将投诉信写成表扬信！你的服务质量很高，下次如果有机会，我还将乘坐你们的这趟航班。"

（二）身势语言

身势语言亦称动作语言，指人们身体各部位做出表现某种具体含义的动作符号，包括手、肩、臂、腰、腹、背、腿、足、头等动作。在人际交往中，最常用且较为典型的身势语言为手势语和姿态语。

1. 手势语

在动作语言中，手是传情达意最有力的工具，得体适度的手势可以增强感情的表达，能在交际和服务中起到锦上添花的作用。

下面举一些常见的手势及其所传达的信息：

（1）双手紧握在一起，显示的意义是精神紧张。

（2）双手指尖相合，形成"教堂尖塔"型，显示充满自信。

（3）用手敲打桌面或在纸上涂画，显示不耐烦。

（4）搓手，显示的意义是有所期待、跃跃欲试。

（5）摊开双手，显示真诚和坦率；如果摊开双手，耸耸肩，表示无可奈何、无能为力。

（6）不自觉地用手摸脸、摸鼻子、揉眼睛，是说谎的反应。

（7）突然用手把没抽完的烟捻熄，是下定决心的表示。

（8）坐着把手放在大腿上，显示的是镇静。

以上列举的是一些最常见的手势及其所表达的含义，通过手的动作传达的意义还有很多，而且由于习俗不同，手势的含义也各有差异。如拇指与食指合圆，其他三个指头张开，在说英语的国家表示"OK"，即同意、赞成；在日本表示"懂了"；在法国表示"没有"或"零"；在韩国表示"金钱"；在突尼斯表示"无用"或"傻瓜"；在我国和其他一些地方表示"三"或"零"。如"V"形手势，手掌向外，英国、美国表示"胜利"；在希腊则表示对人不恭；在我国则表示数字"二"。伸出大拇指，在我国表示"好"、"了不起"，是夸奖、称赞之义；在意大利表示数字"一"；在希腊，拇指上伸表示"够了"，向下表示"厌恶"、"坏"；在英国、美国、澳大利亚等国这种手势有三种含义：一是搭便车，二是"好"，三是如果拇指用力挺直就有骂人之意。

在社交场合中，手的动作以握手用得最多，这一点将在第四节中进行详细阐述。

手姿也有禁忌，在社交活动中，下列手姿均应予禁止：

（1）不卫生的手姿。在他人面前搔头皮、掏耳朵、剜眼屎、抠鼻孔、剔牙齿、抓痒痒等手姿，均极不卫生，令人恶心，自然是不当之举。

（2）欠稳重的手姿。在大庭广众之下，双手乱动、乱摸、乱放，或是咬指尖、折衣角、抱大腿、拢头发等手姿，都是应当禁止的不稳重的手姿。

（3）失敬于人的手姿。掌心向下挥动手臂，勾动食指或除拇指外的其他四指招呼别人，用手指指点他人，都是失敬于人的手姿。其中指点他人，即伸出一只手臂，食指指向他人，其余四指握拢这一手姿，因有指斥、教训之意，尤为失礼。

【案例7-4】"OK"手势

一位美国的工程师被公司派到他们在德国收购的分公司,和一位德国工程师在一部机器上并肩作战。当这位美国工程师提出建议改善新机器时,那位德国工程师表示同意并问美国工程师自己这样做是否正确。这位美国工程师用美国的"OK"手势给以回答。那位德国工程师放下工具就走开了,并拒绝和这位美国工程师进一步交流。后来这位美国工程师从他的一位主管那里了解到这个手势对德国人意味着"你是个屁眼儿"。

2. 姿态语

姿态语是指通过坐、立、行等姿势表达语言信息的"体语"。姿态语可表达自信、乐观、豁达、庄重、矜持、积极向上、感兴趣、尊敬等或与其相反的语义。缺少自信、消极悲观、甘居下位的人站立时往往弯腰驼背;充满自信、乐观豁达、积极向上的人站立时总是背脊挺得笔直,有时还会把双手插在腰间。挺着腰笔直的坐姿,表示对对方和谈话内容有兴趣,也是一种对人尊敬的举动。弯腰驼背的坐姿是对谈话不感兴趣或感到厌烦的表示。

站、坐、行的传统标准是"站如松、坐如钟、行如风"。具体要求如下:

(1)站姿,又叫立姿,站相,指的是人在站立时所呈现出的具体姿态。通常,它是一种静态姿势。

立姿的基本要求是:头端,肩平,胸挺,腹收,身正,腿直,手垂。

由于性别方面的差异,男女的基本立姿又有一些不同的要求。男性立姿要给人以"劲"的壮美感,表现出刚健、潇洒、英武、强壮的风采;女性立姿要给人以"静"的优美感,表现出轻盈、妩媚、娴静、典雅的韵味。男子在站立时,一般应双脚平行,大致与肩同宽。要全身正直,双肩稍向后展,头部抬起,双臂自然下垂伸直,双手贴放于大腿两侧。女子在站立时,应当挺胸,收颌,目视前方,双手自然下垂,叠放或相握于腹前,双腿基本并拢,不宜叉开。还有一种方法,即双脚脚跟并拢,脚尖分开,张开的脚尖大致相距10厘米,其张角约为45度,呈现"V"形。

禁忌的站姿:头歪、肩斜、臂曲、胸凹、腹凸、背弓、臀撅、膝屈,两腿叉开过大或双腿交叉,两脚随意乱动,随意扶、拉、倚、靠、趴、踩、蹬、跨,显得无精打采,自由散漫。

(2)坐姿,即人在就座之后所呈现出的姿势。

坐姿的基本要求是:双目平视,面含微笑,下颚微收;双肩平放,上身立直,双膝并拢,双脚正放或侧放,双手自然放在椅子扶手或腿上;背部轻靠椅背,坐满椅子的2/3即可。通常男士坐时,双腿可微微张开,以示"稳重、豁达",女士则并拢双膝,以示"庄重、矜持"。另外,入座、离座要讲究"左进左出"、悄无声息。

不良坐姿:双腿叉开过大,有失雅观,尤其是着裙装的女性;架腿方式不当,易成"跷二郎腿",显得过于放肆;双腿直伸出去或头靠椅背,显得懒散,有碍观瞻;腿部抖动摇晃或上身左右摇摆,令人心烦意乱或散漫不恭;用脚来脱鞋袜或用手触摸腿部,既不卫生又不雅观；骑跨椅子或将腿放于桌椅上，显得傲慢、粗俗等。

（3）行姿，亦称走姿，它指的是人在行走的过程中所形成的姿势。

基本行姿是：身体正直，平视前方，起步前倾，重心在前，双肩平稳，两臂摆动，昂首挺胸，精神饱满；步幅适度，一般为本人的一脚之长，男性每步约 40 厘米左右，女性每步约 36 厘米左右；步频（步速）一般保持在每分钟 60～100 步；步位，女性最好是"一字步"，即双脚踩在同一直线上，男性则脚跟在同一条直线上，脚尖略呈外八字步；步态，男性以大步为美，女性以碎步为美；男性步伐刚健有力，显阳刚之美，女性步伐轻盈、柔软、娇巧，显阴柔之美。

行进中要注意避免出现以下步姿：方向不定、忽左忽右、瞻前顾后、左顾右盼、忽快忽慢、横冲直撞、蹦蹦跳跳、重手重脚、左摇右晃、步履蹒跚、"八字步"或"鸭子步"等。

3. 腿、足及头的姿态语

在人际交往中，腿部的动作常常不自觉地表露出人的潜在意识。如小幅度地抖动腿部、频繁地交换架腿的姿势、用脚尖或脚跟拍打地面、脚踝紧紧交叠等，都是紧张不安、焦躁、不耐烦等情绪的反应。

最常用的头部动作是点头和摇头。在大部分地区，点头表示"是"或"肯定"；摇头表示"不"或"否定"。头倾向一边表示有兴趣，低垂着的头表示负面的态度，甚至是责难。

身体的各个部分都有着特定的动作，可以传递一定的信息。有的身势语言是身体的某一个部位发出的信息，有的身势语言是由身体的几个部位相互配合共同发出的信息。由于文化背景不同、具体语境不同，甚至是个性特点不同，都会传递不同的信息。我们要多加观察，掌握个中奥妙，提高沟通效果。

（三）空间语言

空间语言又称界域语言，是指交际者间以空间距离或方位来传递信息的语言形式，包括距离语言和位置语言两种类型。空间语言是无声的，但它对人际交往具有潜在的影响和作用，有时甚至决定着人际交往的成败。人们都是用空间语言来表明对他人的态度和与他人的关系的。公共关系工作人员应充分考虑交往对象、交往内容、交往场合和交往心境等不同因素，把握好不同场合的空间距离分寸。

1. 距离语言

人与人之间的交往分为 4 个空间，即亲密空间、个人空间、社交空间、公共空间。

（1）亲密空间（45 厘米之内），适宜的交往关系为有血缘关系的人、无话不谈的同性贴心朋友或夫妻和情人之间的交往。

（2）个人空间（45～120 厘米），适宜的交往关系为好朋友。

（3）社交空间（120～360 厘米），这是一个公事公办的区域，适宜的交往关系为工作和社交聚会上的人们之间。

（4）公共空间（360 厘米以上），即公共场所。这种场合下人们可以对别人视而不见，但是也应注意自己的言行举止。

2. 位置语言

位置语言是交往者间的座位所产生的媒介效应。如果两个人平行而坐，显得亲切随意；如果隔着桌子面对面坐着，则暗示某种对抗情绪；如果坐在相邻的两个桌边，则表明气氛轻松，双方可以自由交流。由此可见，在公共关系活动中，要想收到理想的合作效果，座位的安排非常重要。

三、服饰礼仪

服饰是服装和饰品的统称，是人形体的外延，有遮体御寒、美化人体的作用，被视为人的"第二肌肤"。在社交场合，服饰好似一封无言的介绍信，时时刻刻向交往对象传递着各种信息，往往给人留下深刻的第一印象。公共关系人员在社交场合中的衣着服饰，反映其精神风貌、文化涵养和审美情趣及身份地位，在一定程度上影响其公共关系活动目标的实现。由此可见，学习服饰礼仪，遵守服饰礼仪，实乃人际交往取得成功的一个前提。

（一）服装

着装实际上是一个人基于自身阅历、个人修养和审美品位，在对服装搭配技巧、流行时尚、所处场合、自身特点进行综合考虑的基础上，在力所能及的前提下，对服装所进行的精心选择与合理搭配。面料、色彩和款式是服装的三要素。所以，在选择和穿着服装时，要综合考虑这三要素。具体的着装原则主要有以下 5 条。

1. 整洁原则

整洁原则是着装的根本原则。一个穿着整洁的人能给人以积极向上的感觉；而一个衣衫褴褛、肮脏邋遢的人，给人以消极颓废的感觉。

2. 文明原则

着装的文明原则要求着装文明大方，符合社会的道德传统和常规做法。它的具体要求：一是要忌穿过露的服装；二是要忌穿过透的服装；三是要忌穿过短的服装；四是要忌穿过紧的服装。在大庭广众之下，穿着这些服装，不仅会使自己行动不便，而且也失敬于人。

3. 和谐原则

美的最高法则是和谐。对于服装有三层含义：一是指服装应与自己的社会属性（即职业、社会地位、文化修养等）相和谐；二是指服装应与自己的自然属性（即年龄、体型、肤色、发型、相貌、性格特征等）相和谐；三是服装的各个部分要呼应、配合，完美、协调。

首先，应考虑自己的社会形象。比如超短裙穿在青春少女身上，倍显亮丽活泼，而穿在女教师身上，则会引起非议，有损人民教师为人师表的良好形象；而政府官员、公司职员穿上乞丐服，同样不合时宜。

其次，要考虑自身特点，做到"量体裁衣"，扬长避短。一个肤色偏黑的人，就不宜穿深色的服装；一个身材矮胖的人，就不能穿宽大的横条衣服。

再次，要考虑各部分的搭配。若是各个部分之间缺乏联系，"各自为政"，哪怕再完美也毫无意义。着装要坚持整体性，重点要注意两个方面：其一，要恪守服装本身约定俗成的搭配，例如，穿西装时，应配皮鞋，而不能穿布鞋、凉鞋、拖鞋、运动鞋；其二，是要使服装各个部分相互适应，局部服从于整体，力求展现着装的整体之美、全局之美，如果上衣是轻薄、柔软的丝绸，那么，裤子就不要是厚重、挺括的毛料。

4. TPO 原则

TPO 原则是国际上公认的穿衣原则。TPO 是英文 Time（时间）、Place（地点）Object（目的）3 个单词的第一个字母。它是要求人们在选择服装、考虑其具体款式时，应当兼顾时间、地点、目的。

（1）T 原则。T 原则是指时间上应考虑时代的发展、四季的交替及一天各时段的变化。服饰应顺应时代发展的主流和节奏，不可太超前或太滞后；服饰打扮还应考虑四季气候的变化，冬天要穿保暖、御寒的冬装，夏天要穿通气、吸汗、凉爽的夏装；服饰还应根据早中晚气温的变化及是否有活动而调整。白天上班应当合身、严谨；晚上休息则应当宽大、随意。

（2）P 原则。P 原则是指服装要与场所、地点、环境相适应。从地点上讲，置身在室内或室外，驻足于闹市或乡村，停留在国内或国外，身处于单位或家中，在这些变化不同的地点，着装的款式理当有所不同，切不可以不变而应万变。例如，穿泳装出现在海滨、浴场，是人们司空见惯的；但若是穿着它去上班、逛街，则非令人哗然不可。在国内，一位少女只要愿意，随时可以穿小背心、超短裙，但她若是以这身行头出现在着装保守的某些阿拉伯国家里，就显得有些不尊重当地人了。

在交际应酬之中，人们所面临的场合，可被分为公务、社交、休闲这 3 个大类。原则上讲，公务场合、社交场合属于正式场合，总的要求是正规、讲究。休闲场合则属于非正式场合，总的要求是随意、自便。

公务场合对于服装款式的基本要求是：庄重，保守，传统。符合这一要求的服装款式为：制服、套装、套裙、工作服等。不适合在公务场合穿着的服装款式有牛仔装、运动装、沙滩装、家居装等。

社交场合对于服装款式的基本要求是：典雅、时尚、个性。符合这一要求的服装款式为：时装、礼服、民族服装，以及个人缝制的个性化服装等。不适合在社交场合穿着的服装款式则有制服、工作服、牛仔装、运动装、沙滩装、家居装等。

休闲场合对于服装款式的基本要求是：舒适、方便、自然。符合这一要求的服装款式为：家居装、牛仔裤、运动装、沙滩装等。不适合在休闲场合穿着的服装款式则有制服、套裙、套装、工作服、礼服、时装等。

 案例链接：

【案例 7-5】请另谋高位

一次，某公司招聘文秘人员，由于待遇优厚，应者如云。中文系毕业的小李同学前往面试，她的背景材料可能是最棒的：大学 4 年中，在各类刊物上发表了 3 万字的作品，内容有小说、诗歌、散文、评论、政论等，还为 6 家公司策划过周年庆典，一口英语表达也极为流利，书法也堪称佳作。小李五官端正，身材高挑、匀称。面试时，招聘者拿着她的材料等她进来。小李穿着迷你裙，露出藕段似的大腿，上身是露脐装，涂着鲜红的唇膏，轻盈地走到一位考官面前,不请自坐,随后跷起了二郎腿,笑眯眯地等着问话,孰料,3位招聘者互相交换了一下眼色,主考官说:"李小姐,请下去等通知吧。"她喜形于色:"好!"挎起小包飞跑出门。

(3) O 原则。O 原则是指服装要考虑此行的目的。参加国事活动,自然要稳重大方;而与伴侣蜜月旅行,则应穿得轻松舒适。一个人身着款式庄重的服装前去应聘新职、洽谈生意,说明他郑重其事、渴望成功。而在这类场合,若选择款式暴露、性感的服装,则表示自视甚高,对求职、生意的重视,远远不及对其本人的重视。

总之,TPO 原则的三个方面是相互渗透、相辅相成的。人们总是在一定的时间、一定的地点、为了某种目的进行活动,因此,我们的服装一定要合乎礼仪要求,这是工作、事业及社交成功的开端。

5. 色彩搭配原则

服装配色以"整体协调"为基本准则。具体方法主要有:

(1)统一法。即配色时尽量采用同一色系之中各种明度不同的色彩,按照深浅不同的程度进行搭配,以便创造出和谐之感。

(2)对比法。即在配色时运用冷暖、深浅、明暗两种特性相反的色彩进行组合的方法。

(3)呼应法。即配色时在某些相关的部位刻意采用同一种色彩,以便使其遥相呼应,产生美感。

(4)点缀法。即在采用统一法配色时,为了有所变化,而在某个局部小范围里,选用其他某种不同的色彩加以点缀美化。

非正式场合所穿的便装,色彩上要求不高。而正式场合穿着的正装,其色彩却有规可循。三色原则是选择正装色彩的基本原则。它的含义是要求正装的色彩在总体上应当以少为宜,最好将其控制在三种色彩之内。这样做,有助于保持正装庄重、保守的总体风格,并使正装在色彩上显得规范、简洁、和谐。正装的色彩,一般应为单色、深色,并且应当无图案。最标准的套装色彩是蓝色、灰色、棕色、黑色。

(二)饰品

饰品也叫佩饰,是指人们在着装的同时所选用、佩戴的装饰性物品。饰品对穿着起着辅助、烘托、陪衬、美化的作用,有时能起到画龙点睛的作用。

在社交场合,佩饰尤为引人注目,并发挥着一定的交际功能。这主要体现于两个方面:第一,它是一种无声的语言,可借以表达使用者的知识、阅历、教养和审美品位;第二,它是一种有意的暗示,可借以了解使用者的地位、身份、财富和婚恋现状。这两种功能,特别是第二种功能,是普通服装所难以替代的。

广义上讲,与服装同时使用的、发挥装饰作用的一切物品,如首饰、手表、领带、手帕、帽子、手套、包袋、眼镜、钢笔、鞋子、袜子等,皆可称作饰物。其中最重要的当推首饰,此外还有包袋、手表、领带等。下面着重介绍首饰和领带的佩戴礼仪。

1. 佩戴首饰的礼仪

(1)佩戴首饰的规则。

第一,数量规则:以少为佳,最多不要超过 3 种。

第二，色彩规则：力求同色。

第三，质地规则：争取同质。

第四，身份规则：符合身份，要与自己的性别、年龄、职业、工作环境保持一致。

第五，体型规则：应充分正视自身的形体特点，努力使首饰的佩戴为自己扬长避短。

第六，季节规则：金色、深色首饰适于冷季佩戴，银色、艳色首饰则适合暖季佩戴。

第七，搭配规则：要兼顾服装的质地、色彩、款式。

第八，习俗规则：遵守习俗。

（2）首饰的佩戴方法。首饰的种类很多，以其所使用的部位而论，便有头饰、颈饰、胸饰、首饰、足饰之分。在具体品种上，则有戒指、项链、挂件、耳环、手镯、手链、脚链、胸针、领针等。下面介绍几种主要首饰的佩戴方法。

第一，戒指的佩戴方法。戴戒指时，一般讲究戴在左手之上，而且最好仅戴一枚，只有新娘可例外。戴两枚戒指时，可戴在一只手两个相连的手指上，也可以戴在两只手对应的手指上。拇指通常不戴戒指，一个指头上不应戴多枚戒指。一般戴在食指上表示未婚，想结婚。戴在中指上表示已经在恋爱中，戴在无名指上表示已经订婚或结婚。戴在小手指上表示单身贵族（少数地区亦代表同性恋者）。

第二，项链的佩戴方法。项链，是戴于颈部的环形首饰。男女均可使用，但男士所戴的项链一般不应外露。通常，所戴的项链不应多于一条，但可将一条长项链绕成数圈佩戴。项链的粗细应与脖子的粗细成为正比。

第三，耳环的佩戴方法。耳环又叫耳饰，具体又可分为耳环、耳链、耳钉、耳坠等。在一般情况下，它仅为女性所用，并且讲究成对使用，即每只耳朵上均佩戴一只。不宜在一只耳朵上同时戴多只耳环。在国外，男子也有戴耳环的，但习惯做法是左耳上戴一只，右耳不戴；双耳皆戴者，有时会被人视为同性恋。佩戴耳环应兼顾脸型。总的来说，不要选择与脸型相似的耳环，以免使脸型方面的短处被强调夸大。

第四，手镯的佩戴方法。佩戴手镯所强调的是手腕与手臂的美丽，故二者不美者应慎戴。男人一般不戴手镯。戴一只手镯时，通常应戴于左手。戴两只时，可一只手戴一个，也可以都戴在左手上。两只手镯的材质应一致。

第五，胸针的佩戴方法。胸针，即别在胸前的饰物，多为女士所用。其图案以花卉为多，故又称胸花。别胸针的部位多有讲究。穿西装时，应别在左侧领上。穿无领上衣时，则应别在左侧胸前。发型偏左时，胸针应当居右。发型偏右时，胸针应当偏左。其具体高度，应在从上往下数的第一粒、第二粒纽扣之间。

2．打领带的礼仪

领带属于男士的饰物，女士一般不打领带。在男士穿西装时，最抢眼的通常不是西装本身，而是领带。因此，领带被称为"西装的灵魂"。

要打好领带，先要选好领带。选择领带主要涉及面料、色彩、图案、款式等。最高档、最正宗的面料是真丝与纯毛。最好选单色领带，尤以蓝色、灰色、黑色、棕色、白色、紫红色最受欢迎。图案应规则、传统。领带的款式除考虑时尚流行以外，最好使领带的宽度与自己身体的宽度成正比，而不要反差过大。

打领带时，应对领带的结法、领带的长度、领带的位置、领带的佩饰多加注意，才有

(3) 会见、会谈的座位安排。会见座位的安排可以是宾主各坐一方，也可以是宾主穿插而坐。一般由中方组织的会见座次这样安排：主宾、主人席安排在面对正门位置，客人座位在主人右侧，记录员和译员各坐于宾、主后面；客方随员依礼宾次序在主宾一侧入座，主方陪见人员依次在主人一侧就座。纵观全场座次呈半圆状，如图 7 - 3 所示。

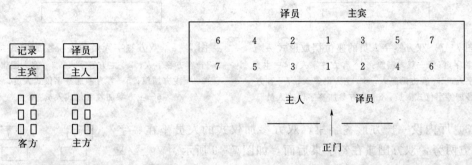

图 7 - 3　会见的座位安排　　　　　　图 7 - 4　会谈的座位安排

会谈座位的安排可以根据会谈形式是双边会谈还是多边会谈而定。双边会谈，一般应使用长方形或椭圆形的桌子，宾主相对而坐。面向正门为上座，由客人来坐，背对正门为下座，由主人来坐，主人与主宾应在各自一方的正中间。译员坐在主谈人右侧，其他参加人员按一定顺序坐在左右两侧，记录员坐在后面，有的国家把译员也安排在后面，如图 7 - 4 所示。

会谈席位的高低这样确定：如果会谈桌的一端对着正门，以进门方向为准，右为客方，左为主方，如图 7 - 5 所示。

举行多边会谈时，把座位摆成圆形或正方形，使其无尊卑可言，如图 7 - 6 所示。

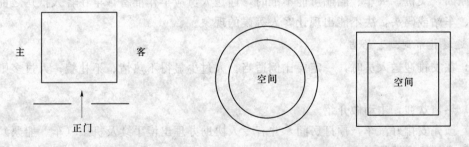

图 7 - 5　会谈席位的确定　　　　　　图 7 - 6　多边会谈的座位摆放

(4) 签字仪式的场地布置及座位安排。各国签字仪式的场地布置及座次安排不尽相同。大致有以下 3 种形式：

1) 签字厅内设一张长方桌作为签字桌，桌后放两把椅子为双方签字人员的座位，主在左，客在右。座位前摆的是各自保存的文本，上端分别放置签字文具，中间摆放一个旗架，悬挂签字双方的国旗，如图 7 - 7 所示。

2) 厅内设两张方桌为签字桌，双方签字人员各坐一桌前，小国旗挂在各自的签字桌的旗架上，参加仪式的人员坐在签字桌的外面，如图 7 - 8 所示。

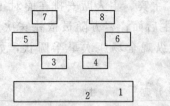

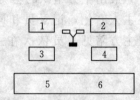

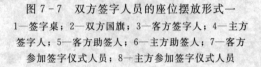

图7-7　双方签字人员的座位摆放形式一

1—签字桌；2—双方国旗；3—客方签字人；4—主方
签字人；5—客方助签人；6—主方助签人；7—客方
参加签字仪式人员；8—主方参加签字仪式人员

图7-8　双方签字人员的座位摆放形式二

1—客方签字人；2—主方签字人；3—客方国旗；
4—主方国旗；5—客方参加签字仪式人员；
6—主方参加签字仪式人员

3）厅内设一长方形签字桌，双方参加仪式的人员坐在签字桌前方两旁，双方国旗在签字桌后面，如图7-9所示。

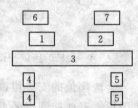

（三）外事迎送礼仪

1. 确定迎送规格

迎送外宾的规格通常依据来访者的身份、访问的性质和目的、国际惯例以及两国间的关系等确定。主要迎送人员通常要同来宾的身份相当。万一当事人不能出面，可灵活变通，但要主动向对方做出解释。

图7-9　双方签字人员
的座位摆放形式三

1—客方签字人；2—主方签字
人；3—签字桌；4、5—参加
仪式人员；6—客方国旗；
7—主方国旗

2. 把握时间，早做准备

为顺利迎送客人，迎送人员必须准确掌握来宾乘坐飞机（火车、船舶）的抵离时间，如有变化，应及时告知。由于天气变化等意外原因，飞机、火车、船舶可能不准时，迎送人员应早作准备，早在客人抵达之前到达机场、车站或码头，决不能出现让客人等候的现象。

3. 迎送礼节周到、恰当

（1）在安排迎送人员时，一定要比例适当。人过少显得不热情、不礼貌；人过多则无必要。

（2）热情欢迎，主动做介绍。

（3）预先安排好汽车，预订房间，并有专人协助办理出境手续及机票（车、船票）和行李提取或托运手续等事宜。

（4）外宾抵达后，一般不要马上安排活动，应给外宾留下充足的洗漱、更衣和休息的时间。迎候人员可暂时离去，走前应告诉外宾下一步的活动计划，并征得其同意。此外，还要留下主人的电话号码，以便为其提供及时的帮助。

（5）在为外宾送行时，应在外宾临上飞机（火车、船舶）之前，按一定顺序同外宾一一握手话别。飞机起飞（火车、轮船开动）之后，送行人员应向外宾挥手致意，直至飞机（火车、轮船）在视野里消失时方可离去。否则，外宾一登上飞机（火车、轮船）送行人员立即离去是很失礼的。尽管只是几分钟的小事情，却很可能因小失大。

案例链接:

【案例7-13】迎送客人应周全

1957年国庆节后,周恩来总理去机场送一位国家元首离京,当专机腾空起飞后,我国使节、武官的队伍依然整齐,对那位元首的座机行注目礼,而我国政府的几位部长和军队的一位将军却急步欲离开队列。周恩来总理看见了,当场请杨成武将军把他们叫住,一起昂首挥手向机场上空盘旋的那架元首座机行告别礼。事后,周恩来总理专门把大家留下来说:"国家元首座机起飞后绕机场盘旋一周,是表示对所在国的答谢,东道国送行的人离开了,就是礼貌不周;我有责任把这个道理讲给大家听。"

(四) 充分尊重外宾的风俗习惯

在涉外活动中,一定要尽可能多地了解交往对象的风俗习惯,特别是宗教信仰、民族禁忌等,要认真而无条件地予以尊重。例如,与印度人交往时,就必须对印度教教徒忌食牛肉、忌用牛皮制品、忌讳弯月图形、忌以左手与人相握等特有的讲究表示尊重。又如,西方人忌讳"13",认为星期五也不吉利,所以绝对不能在13日或星期五这一天邀请西方人做客。日本人忌讳"4",因为他们认为"4"是"死"的谐音。给日本人送礼物最好是奇数,如3、5、7等。

案例链接:

【案例7-14】拒绝购买

美国出口商本利雅得想向一位沙特阿拉伯的官员推销货物。这个美国人舒服地靠在椅子上,跷着二郎腿,用穆斯林认为不洁净的左手把文件递给阿拉伯人。他拒绝喝咖啡,这是对主人好客的不领情。这个美国人对于文化差异的忽视付出的代价是,沙特阿拉伯的官员拒绝了他的推销,反倒与另一位了解并尊重阿拉伯习俗的韩国人签订了一份价值1000万美元的合同。

(五) 与外国人交往要遵循"不必过谦"和"女士优先"的原则

1. 不必过谦

在待人接物方面,中国人一般讲究含蓄和委婉,对自己的所作所为主张自谦,甚至还会有意自贬。在许多情况下,外国人特别是尊重个性的西方人往往认为这是缺乏自信、为人虚伪或者"的确如此"。所以在涉外交往中一定要注意不必过谦。如在进行自我介绍时一定要肯定自身长处;在寒暄应酬时,千万不要说什么"瞎忙"、"混日子"或"没干什么正经事",否则会让人认为你不务正业,无所事事。面对赞美,应大大方方说声"谢谢"。向外宾赠送礼品或设宴款待时,不要说"实在拿不出手"、"没有认真挑选"、"没什么好菜"等,而应说明是经过精心准备的或特意为他准备的,以便令其觉得备受重视。

2. 女士优先

在国际交往中,"女士优先"是一项很重要的礼仪原则,它不仅停留在口头上,而且表现在具体行动上。例如,问候时一定要先问候在场的女士;见面、道别时,让女士居于主要位置;向多人施礼时,必须以女士优先;就座、交谈也要特别照顾女士;在女士面前吸烟一定要首先征得女士的首肯;与女士一起外出、上下楼梯等也令女士居于尊位,还要主动帮助女士携带较为沉重或难拿的行李物品等。

本 章 小 结

(1) 礼仪就是人们在各种社会交往中为了互相尊重,在言谈举止等各方面约定俗成的、共同认可的规范、程序。

(2) 礼仪具有阶级性、差异性、普遍性和发展性,有尊重、教育和调节的作用。

(3) 公共关系礼仪是一个社会组织在与其公众交往时所遵循的礼仪规范。遵循公共关系礼仪可以帮助组织获得更多公众的信任、理解和支持,达到内求团结、外求发展的目的。

(4) 公共关系礼仪主要包括仪表礼仪、交谈礼仪、日常交往礼仪、聚会礼仪和外事往来礼仪。

综 合 训 练

一、填空题

1. (　　　　) 被称为"西装的灵魂"。

2. 佩戴首饰要遵循数量规则,以少为佳,最多不要超过 (　　　　) 种。

3. 对外交往礼仪原则有 (　　　　)(　　　　)(　　　　)。

4. 西餐宴会开始一般以 (　　　　) 为标志。

5. 两人见面握手时,谁先伸手一般应遵循 (　　　　) 原则。

二、单项选择题

1. 人类思维和交际最重要工具是 (　　　　)。

A. 文字　　　　　　B. 语言　　　　　　C. 数字符号　　　　D. 体态和手势

2. "司机一滴酒,亲人两行泪"在公共关系语言用语原则中体现 (　　　　)。

A. 与公共关系目的相适应原则　　　　B. 与公共关系对象相适应

C. 与公共关系语境相适应原则　　　　D. 与公共关系方式相适应原则

3. 正式宴会邀请书发出应提前 (　　　) 为宜。

A. 3 天　　　　　　B. 5 天　　　　　　C. 一个月　　　　　D. 1～2 周

4. 电话铃响最多不超 (　　　) 就该接听。

A. 3 声　　　　　　B. 4 声　　　　　　C. 5 声　　　　　　D. 6 声

5. 按国际惯例,元首来访鸣放礼炮 (　　　) 响。

A. 23　　　　　　　B. 21　　　　　　　C. 19　　　　　　　D. 17

6. 宴会上为表示尊重主宾位置应安排在（　　　）。

A. 主人右侧 　　　　B. 主人左侧 　　　　C. 主人对面 　　　　D. 随其所好

7. 在双边会谈客方位置应位于（　　　）。

A. 背对门 　　　　　B. 门右侧 　　　　　C. 面对门 　　　　　D. 门左侧

8. 交谈的正确方式（　　　）。

A. 适机反驳 　　　　　　　　　　　　B. 自我掌控话题

C. 经常插话 　　　　　　　　　　　　D. 聆听回应

三、多项选择题

1. 合适打电话的时间为（　　　）。

A. 上午 9：00～10：00 　　　　　　　B. 中午 1：00～2：00

C. 下午 4：00～5：00 　　　　　　　　D. 晚上 10：00 以后

2. 交谈应掌握技巧（　　　）。

A. 巧选话题 　　　　　　　　　　　　B. 善于倾听

C. 积极回应 　　　　　　　　　　　　D. 仪态得体

3. 以下符合正确握手礼仪是（　　　）。

A. 男女同事间男先伸手 　　　　　　　B. 主人先伸手

C. 别人主动不要拒绝 　　　　　　　　D. 长辈伸手晚辈才能握

4. 在涉外宴会中以下举止符合用餐礼仪是（　　　）。

A. 在宴会中与邻座交谈 　　　　　　　B. 用自己餐具为外宾夹菜

C. 宴会结束向主人致谢 　　　　　　　D. 接到邀请及时回复

四、案例分析

案例 1：

小 节 的 象 征

　　一位先生要雇一个没带任何介绍信的小伙子到他的办公室做事，先生的朋友挺奇怪。先生说："其实，他带来了不止一封介绍信。你看，他在进门前先蹭掉脚上的泥土，进门后又先脱帽，随手关上了门，这说明他很懂礼貌，做事很仔细；当看到那位残疾老人时，他立即起身让座，这表明他心地善良，知道体贴别人；那本书是我故意放在地上的，所有的应试者都不屑一顾，只有他俯身捡起，放在桌上；当我和他交谈时，我发现他衣着整洁，头发梳得整整齐齐，指甲修得干干净净，谈吐温文尔雅，思维十分敏捷。怎么，难道你不认为这些小节是极好的介绍信吗？"

讨论题：

（1）本案例对你有哪些启示？

（2）你已经拥有哪些"介绍信"了？

（3）反省自身一天的言谈举止，看看有哪些忽略的细节，并请注意及时改进。

案例 2：

分析下列为他人介绍案例

1. 这位是某某某公司的人力资源部张经理，他可是实权派，路子宽，朋友多，需要帮忙可以找他。

2. 约翰·梅森·布朗是一位作家兼演说家。一次他应邀去参加一个会议，并进行演讲。演讲开始前，会议主持人将布朗先生介绍给观众，下面是主持人的介绍语：先生们，请注意了，今天晚上我给你们带来了不好的消息，我们本想要求伊塞卡·马克森来给我们讲话，但他来不了，病了。（下面嘘声）后来我们要求参议员布莱德里奇前来，可他太忙了。（嘘声）最后，我们试图请堪萨斯城的罗伊·格罗根博士，也没有成功，（嘘声）所以，结果我们请到了约翰·梅森·布朗。（掌声）

3. 我给各位介绍一下：这小子是我的铁哥们儿，开小车的，我们管他叫"黑蛋"。

讨论题：

（1）以上介绍各存在什么问题？

（2）在交际场合中进行介绍应注意哪些规范？

案例 3：

"绅士"的迷惑

有位绅士独自在西餐厅享用午餐，风度之优雅，吸引了许多女士的目光。当时侍者将主菜送上来不久，他的手机突然响了，他只好放下刀叉，把餐巾放在餐桌上，然后起身去回电话。几分钟后，当那位绅士重新回到餐桌的座位时，桌上的酒杯、牛排、刀叉、餐巾全都被侍者收走了。

讨论题：

（1）请问那位绅士失礼之处何在？

（2）正确的做法是什么？

案例 4：

称呼老夫人带来的问题

有一次中国留学生在美国中西部的一个城市举行盛大聚会，宾客如云。当地一所名牌大学的校长和他的母亲也光临盛会。留学生代表在致欢迎辞时特别提到："某某老夫人的光临使我们全体同学感到荣幸。"不料，"老夫人"这个"老"字却触痛了这位校长的母亲，当时她脸色遽变，十分尴尬，从此再也不在中国留学生的聚会上露面。

讨论题：这次聚会为什么会有这种难堪场面，使那位校长的母亲乘兴而来、败兴而归，很不愉快？

案例 5:

倾 听 的 好 处

一次，某外商向我方某企业购买香料油，出价每公斤 40 美元，我方开价 48 美元。这时，对方急了："不，不，你们怎么能指望我们出 45 美元以上的价呢？"情急之中，对方露馅了。我方立即抓住他的话，巧妙地反问："这么说，你是愿意以 45 美元成交喽？"外商见露了底，只得说："可以考虑。"谈判最后以每公斤 45 美元成交。

讨论题：从我方人员的成功谈判中，您得到了怎样的启示？

五、公共关系礼仪能力的培养与训练

1. 语言表达能力训练，搜集不同国家、民族的风俗习惯和禁忌，并讲给同学们听。

2. 进行站姿、坐姿、行姿和介绍、握手训练。

3. 讨论：结合实际，谈谈礼仪在生活和工作有什么作用？

4. 策划能力训练。

(1) 小李要到银行面试，请为他包装，并告知注意哪些礼节。

(2) 作为公司公共关系人员，在公司总经理要接受记者采访或在电视节目中露面时，你给他什么建议？

附录一　公共关系职业道德

一、中国公共关系职业道德准则（"条款"部分）

（1）每个公共关系从业人员必须使自己的公共关系实践和理论符合我国的宪法、法律和社会公认的道德规范，必须铭记他自身的一举一动都将影响到社会公众对这种职业的总体评价。

（2）在任何情况下，公共关系从业人员必须做到全心全意为我国的社会主义事业服务，都应该考虑到有关各方的利益，首先应该考虑社会公众的利益，同时也应该考虑自己所在组织的利益。

（3）公共关系从业人员在进行公共关系活动的时候，力求真实、准确、公正和对公众负责。

（4）从事各种专业公共关系的专职人员应该在借鉴、钻研和实践的基础上，努力提高各自的公共关系业务水平。

（5）公共关系教育工作者应该以一种严肃、认真、诚实的态度对待公共关系高等教育和普及教育。

（6）公共关系人员不得参与不道德、不诚实或有损于本职业尊严的行为。

（7）公共关系从业人员不得为了个体利益故意传播虚假的或使人误解的信息。

（8）每个公共关系从业人员不应该有意损害其他公共关系从业人员的信誉和公共关系实务。但是如果有证据证明其他公共关系从业人员有不道德、不守法或不公正行为，包括违反准则的行为，应该向自己所属的公共关系组织如实反映。

（9）公共关系从业人员不得借用公共关系名义从事任何有损公共关系信誉的活动。

（10）公共关系从业人员不得利用贿赂和其他不正当手段来影响传播媒介人员真实、客观的报道。

（11）公共关系从业人员在国内外公共关系实务中应该严守国家和各自组织的有关机密。

二、公共关系职业道德的内容和要求

公共关系职业道德是社会职业道德规范的一部分，它和其他社会职业道德规范相互补充，指导和要求公共关系人员践行公共关系职业道德规范。它的基本内容和要求可以概括以下几个方面。

（一）爱岗敬业

爱岗敬业是公共关系职业道德的核心和基础。爱岗敬业是热爱公共关系职业，具有崇高的事业心和责任感。爱岗和敬业是紧密联系在一起的。敬业是爱岗意识的升华，是爱岗情感的表达，敬业是通过对公共关系工作的极端负责任，对公共关系业务的刻苦钻研，对公共关系技能的精益求精得以体现，也就是通过对公共关系职业的乐业、勤业、精业表现出来。组织和公共关系人员在开展公关活动中，要恪尽职守，认真负责，一丝不苟，任何马虎敷衍，玩忽职守，都是公共关系职业道德所不允许的。爱岗敬业要求公共关系人员维护公共关系职业的纯洁性，抵制形形色色轻视与贬低公共关系职业的言行，特别是对"假公共关系"、"伪公共关系"、"庸俗公共关系"进行大胆揭发和斗争，以自身模范行为建立和维护公共关系职业的权威性和纯洁性。这对公共关系人员来说，既是职业道德的要求，也是应尽的社会责任。

（二）诚实守信

诚实守信是公共关系职业道德的基石。诚即真诚、诚实、真心实意；信即信誉、信用。"诚信"就是诚实守信。在公共关系活动中就是要做到言行一致、恪守诺言。中国古人云："人无信不立"，"人而无信，不知其可也"，"诚信"是公共关系人员和社会组织的总体形象中最本质、最核心的内涵。海尔集团总裁张瑞敏始终认为"质量是产品的生命，信誉是企业的灵魂"，海尔就是以"真诚"道德信念注入每个员工的心里，员工又把"真诚"注入每件产品上，最后将"真诚"行为注入成千上万的消费者心中。而这正是公共关系职业道德的灵魂。相反，在国际上享有盛名的全球五大会计事务所之一——美国安达信会计公司，因为在审计活动中弄虚作假，并与安然合伙作假，丢掉了诚信的职业道德，结果导致彻底败落，安达信CEO迫于公众的压力，也宣布辞职。所以，公共关系职业中的言而无信、虚伪欺诈都是与职业道德极不相容的。

（三）办事公道

办事公道是公共关系职业处理内外公众关系的重要行为准则。在开展公共关系活动中，公共关系人员应自觉遵守社会组织制订的各项约束制度，体现公共关系职业道德办事公道的要求。在开展公共关系活动中，应平等待人，秉公办事，清正廉洁，不允许违章犯纪，维持特权，滥用职权，损人利己，损公肥私。按原则办事是办事公道的具体表现，公共关系人员面对公众对象开展公关服务时，应一视同仁，按章办事，周到服务，这是公共关系职业道德的基本要求。与此同时，公共关系职业人员在与其他职业人员协同活动中，也要互相兼顾利益，互相对对方承担一定的义务，相互合作，兼顾国家、集体、个人三者的利益，追求社会公平公正、维护正义公道，这是办事公道的职业道德要求。

（四）服务公众

服务公众，满足公众要求，尊重公众利益是公共关系职业道德目标指向的最终归宿。社会组织在产品营销和售后服务过程中，需要公共关系人员确立服务公众的职业道德意识，竭诚为购买者、消费者、用户服务，这不仅是社会组织应该遵循的伦理规范，也是公共关系人员必须照办的职业道德要求。服务公众就是要求公共关系人员想方设法满足公众的要求，处处为公众的需求着想，想公众之想，急公众之急，为公众提供满意周到的服务，这是公共关系职业道德的基本要求。

（五）严守机密

公共关系人员在服务公众、客户过程中，由于开展公共关系工作的需要，必然会了解客户的许多内部情况，尤其是专业的公共关系公司对原有客户的内部情况，应严格恪守这些业务秘密，这也是公共关系职业道德的要求。与之同时，在开展国际公关时，涉及到国家的经济安全，对国家资源开发、政策制定、金融往来，也应严守国家秘密，顾全大局，绝对不能泄露秘密，有损国家和客户的利益。在《中国公共关系职业道德准则》第 11 条明确规定：公共关系从业人员在国内外公共关系实务中应该遵守国家和各自组织的有关机密。这一职业道德准则要求公共关系人员必须强化保密意识，约束和规范自身的职业行为，在公共关系活动中确实做到严守机密的职业道德。

附录二 公关员国家职业标准（修订）

1. 职业概况

1.1 职业名称：公关员。

1.2 职业定义：从事组织机构信息传播、关系协调与形象管理事务的咨询、策划、实施和服务的人员。

1.3 职业等级：本职业共设三个等级，分别为初级（国家职业资格五级）、中级（国家职业资格四级）、高级（国家职业资格三级）。

1.4 职业环境：室内、外。

1.5 职业能力特征：具备较强的语言与文字表达能力；协调、沟通和组织内外公众关系的能力；调查、咨询、策划和组织公共关系活动的能力。

1.6 基本文化程度：高中毕业。

1.7 培训要求

1.7.1 培训期限：全日制职业学校教育，根据其培养目标和教学计划确定。晋级培训期限：初级不少于 120 标准学时；中级不少于 100 标准学时；高级不少于 80 标准学时。

1.7.2 培训教师：培训初级人员的教师应具有相应专业大学讲师或中专高级教师职称或本职业高级职业资格；培训中、高级人员的教师须具有相应专业大学副教授职称或高级职业资格。

1.7.3 培训场地设备：办公和教学设备；办公室和教室。

1.8 鉴定要求

1.8.1 适用对象：从事或准备从事公关员职业的人员。

1.8.2 申报条件：

——初级（具备下列条件之一者）：

（1）经本职业初级正规培训达规定标准学时数，并取得毕（结）业证书。

（2）在本职业见习工作 2 年以上。

（3）取得经劳动保障行政部门审核认定的，中等以上职业学校公共关系或相关专业（新闻、广告、营销、秘书）毕业证书。

——中级（具备下列条件之一者）：

（1）取得本职业初级职业资格证书后，连续从事本职业或相关工作（新闻、广告、营销、秘书）2 年以上，经本职业中级正规培训达规定标准学时数，并取得毕（结）业证书。

（2）取得本职业初级职业资格证书后，连续从事本职业或相关工作（新闻、广告、营销、秘书）3 年以上。

（3）具有公共关系专业大学本科以上学历。

2. 公共关系公司的主要业务范围

（1）向委托人提供各种公共关系咨询。向委托人提供公共关系活动内容、沟通方式、市场信息、公共关系工作程序和解答疑难问题等。

（2）代理公共关系业务。为客户进行公共关系策划，代理专门的公共关系业务，代理市场和客户调查业务等。

（3）为委托人提供培训任务。为委托人举办短期培训，为委托单位进行现场指导或帮助。

附录四　公共关系人员素质测评

公共关系人员的素质要求是比较全面的，既有内在的心理素质，又有外在的能力表现；既有先天的因素，又有后天的因素，下面从定性和定量两个方面进行一下自我测试，给初学公共关系者指出一个自身修养的方向，仅供参考。

一、定性分析方法

（一）定性分析方法

（1）实绩记载法：即将自己从事公共关系活动中的所有成绩均一一记录在案，每半年测定一次。

（2）报告审查法：即填写由审查部门印发的列有有关项目的报告，根据自己的作为逐条进行填写。每隔两月上缴一次，请有关人员测评。

（3）领导意见法：即由顶头上司对公共关系者的工作进行鉴定。这种方法主观色彩较浓，但比较方便且常用。

（4）群众评议法：即由有关人员无记名评议。

（5）自我鉴定法：即由公共关系人员本人写自我鉴定，对自己工作进行测评。

（二）定性分析法要求公共关系人员具有如下基本素质

（1）具有语言、文字技巧。

（2）具有工商企业知识，或具备迅速吸收这种知识的能力。

（3）诚实正直，既能坚持正确观点，又不至于与他人结怨。

（4）深入了解人们的需要，善于与他人一同工作。

（5）具有判断能力，能独立思考，处事不惊，能按照轻重缓急安排和组织工作。

（6）聪明好奇、有广泛的兴趣。

（7）了解新闻界的工作特点与方式。

（8）愿意苦干，而不出风头。

（9）能够不引用先例或上级指示来决定工作的层次。

（10）了解领导意图，了解制定政策的依据。

二、定量分析法

（一）性格

（1）是否有幽默感？

（2）是否性情中庸，和悦近人？

（3）待人接物是否从容不迫？

（4）能否往来于大庭广众之间而不畏怯？

（5）是否乐观？

（6）是否有耐心？

（7）是否有决心和毅力面对困难和挫折？

（8）做事是否喜欢拟订计划？

（9）思想是否敏捷？

（10）是否健谈？

（11）仪表是否动人？

（二）品德

（1）为人是否公道正派？

（2）是否有明辨是非的能力？

（3）做事是否有良好的责任感和道德感？

（4）是否认为集体利益高于个人利益？

（5）是否相信人性本善说？

（6）是否关心他人并赢得同事的信赖？

（7）能否遵守诺言？

（三）智慧

（1）对人对事是否有好奇心和保持浓厚兴趣？

（2）是否精于观察他人的言行？

（3）是否能当一个好听众，欣赏别人的谈话？

（4）是否善于处理尴尬的局面？

（5）是否有说服别人的能力？

（6）写作是否流畅？

（7）是否有比较强的写作能力？

（8）是否每天抽空看报纸？

（9）做事是否有想象力和创造力？

（四）教育和经验

（1）是否大学毕业？

（2）是否懂得经济学的基本知识？

（3）是否懂得社会学的基本知识？

（4）是否懂得经营和管理学的基本知识？

（5）是否受过哲学和逻辑学的思维训练？

（6）是否了解传播学？

（7）是否对心理学有兴趣？

（8）是否能够撰写新闻稿件？

（9）是否有与新闻界打交道的经验？

（10）是否有推销、广告或人事管理的经验？

（11）是否有社会交际或社会活动的经验？

（12）是否了解舆论调查与民意测验的方法？

（13）是否有谈判的经验？

（14）是否了解党和国家的组织机构和方针政策？

（五）行政领导能力

（1）是否有制定计划方案的能力？

（2）是否能合理的分授职权？

（3）是否能用人所长，发挥部属的积极性？

（4）是否善于协调不同性格的人一道工作？

（5）是否对不同意见有分析和概括能力？

（6）是否能理解上级意图及接受指示？

（7）是否能创造轻松愉快的组织工作气氛？

（8）是否善于主持会议？

（9）是否能尽快诚恳承认自己的错误并坦然接受惩罚？

以上每项"是"得 2 分，"否"得 0 分，总分 60 分以下者不适于作公共关系工作，60～70 分者及格，但应设法改进自己的弱点；70～90 分有资格从事公共关系工作；90 分以上可以当公共关系专家。

（资料来源：邱大嬖《公共关系概论》）

参 考 文 献

[1]　沈永祥，洪霄. 公共关系学. 北京：化学工业出版社，2003.

[2]　居延安. 公共关系学. 上海：复旦大学出版社，2006.

[3]　王培才. 公共关系理论与实务（第 2 版）. 北京：电子工业出版社，2009.

[4]　杨俊. 新型实用公共关系教程. 北京：高等教育出版社，2008.

[5]　邱伟光. 公共关系. 北京：中国财政经济出版社，2009.

[6]　沈瑞山，张洪波. 实用公共关系. 大连：大连理工大学出版社，2010.

[7]　王银平，王爱君. 现代公共关系. 北京：高等教育出版社，2010.

[8]　胡秀花. 公共关系理论与实务. 成都：西南财经大学出版社，2008.

[9]　张映红. 公共关系学教程：原理. 实务. 案例. 北京：首都经济贸易大学出版社，1997.

[10]　张践. 公共关系学. 北京：中央广播电视大学出版社，2004.

[11]　金正昆. 社交礼仪教程. 北京：中国人民大学出版社，2002.

[12]　熊源伟. 公共关系学. 合肥：安徽人民出版社，1995.

[13]　张映红. 公共关系管理. 北京：首都经济贸易大学出版社，2002.

[14]　苏伟伦. 百分百零距离公关. 北京：中国纺织出版社，2001.

[15]　段淳林. 公共关系学. 广州：华南理工大学出版社，2002.

[16]　李道平. 公共关系学. 北京：经济科学出版社，2002.

[17]　赵晓兰. 最新公共关系学教程. 北京：经济管理出版社，2001.

[18]　李兴国. 公共关系实用教程. 北京：高等教育出版社，2000.

[19]　《公关世界》杂志（刊号 ISSN：1005 - 3239 CN：13 - 1178/C）.

[20]　中国公关网.